AF746446

www.ingramcontent.com/pod-product-compliance
Lightning Source LLC
LaVergne TN
LVHW050951051026
849532LV00005B/1794
* 9 7 8 9 3 5 8 7 2 7 6 9 2 *

مہندی رچے ہاتھ

(افسانے)

(آن لائن رسالہ 'سمت' کے شماروں سے منتخب شدہ افسانے)

مرتب:

اعجاز عبید

© Taemeer Publications LLC

Mehendi rache Haath (Short Stories)
Edited By: Aijaz Ubaid
Edition: January '2024
Publisher :
Taemeer Publications LLC (Michigan, USA / Hyderabad, India)

ISBN 978-93-5872-769-2

9 789358 727692

مصنف یا ناشر کی پیشگی اجازت کے بغیر اس کتاب کا کوئی بھی حصہ کسی بھی شکل میں بشمول ویب سائٹ پر اَپ لوڈنگ کے لیے استعمال نہ کیا جائے۔ نیز اس کتاب پر کسی بھی قسم کے تنازع کو نمٹانے کا اختیار صرف حیدر آباد (تلنگانہ) کی عدلیہ کو ہو گا۔

© تعمیر پبلی کیشنز

کتاب	:	**مہندی رچے ہاتھ** (افسانے)
مرتبہ	:	**اعجاز عبید**
صنف	:	فکشن
ناشر	:	تعمیر پبلی کیشنز (حیدر آباد، انڈیا)
سالِ اشاعت	:	۲۰۲۴ء
صفحات	:	٦٦
سرورق ڈیزائن	:	تعمیر ویب ڈیزائن

فہرست

(۱) کس جرم کی پائی ہے سزا

محمد جمیل اختر

ہاں تنہائی زہر ہے ایک قاتل ہے وہ قاتل کہ جسے مقتول کی کوئی پرواہ نہیں لیکن لوگ کب سمجھتے ہیں پہلے میں بھی نہیں سمجھتا تھا۔ کہ پہلے اسکی میری ایسی ملاقات نہیں رہی تھی، وہ جوانی کہ جسے میں اب ایک خواب سمجھتا ہوں اور وہ دن کہ جو اتنی تیزی سے گزرے کہ میں کچھ یاد بھی کروں تو بھی ذرا بھی حقیقت کا گماں نہیں ہوتا۔ شاید تم بور ہو گئے ہو اتنی لمبی تمہید سن کر لیکن میں مجبور ہوں۔۔۔ تمھیں اب اس بیرک میں میرے ساتھ رہنا ہے تو میرا خیال ہے کہ ہمیں ایک دوسرے کے بارے معلوم ہونا چاہیئے۔۔۔ سو پہلے میری کہانی سنیں۔۔۔

اس جیل میں آئے مجھے ساتواں سال ہے سات سال اس کمرے میں رہتے رہتے میں نے ہر بات جو کہ سوچی جاسکتی تھی سوچ ڈالی ہے اور اب تو یوں ہے کہ میرے پاس سوچنے کو بھی کچھ نہیں ہے ایک قیدی آخر کتنا سوچے، ہاں ہاں آپ ضرور کہیں گے کہ سوچ کی بھلا حد تھوڑی ہے جتنا مرضی سوچو، جو مرضی سوچو۔۔ لیکن یقین جانیں انسان پر یہ وقت بھی آتا ہے کہ وہ کچھ نہیں سوچ سکتا یا یوں کہیں کہ وہ سوچنا ہی نہیں چاہتا،

اوہ میں شاید پھر کہانی سے ہٹ رہا ہوں۔۔۔۔۔

میں مجرم نہیں ہوں۔۔۔

ہاں یقین تو نہیں آئے گا کہ مجرم نہیں ہوں تو یہاں جیل میں کیا کر رہا

ہوں۔۔۔۔ لیکن میرا یقین کرو میں نے کوئی جرم نہیں کیا،،، میں اپنی صفائی میں اتنا ہی کہہ سکتا ہوں آپ کو یقین ائے سو آئے نہ آئے تو میں کچھ کر نہیں سکتا کہ ضروری نہیں کہ دنیا آپ کی ہر بات سے اتفاق کرے۔۔۔۔ اور سچ تو یہ ہے کہ اس دنیا میں کوئی ایک بھی ایسی بات نہیں کہ جس ہر سارے انسان متفق ہوں۔۔۔ قابل افسوس۔۔۔۔

لیکن یہ سچ ہے۔۔۔

سات سال میں اب یہ حالت ہے کہ میں سوچتا ہوں تو گماں ہوتا ہے کہ میں شاید کبھی بھی آزاد نہیں رہا،،،،

اگر ان سات سالوں کو بھی میری زندگی کے بقیہ تیس سالوں میں جمع کیا جائے جو کہ میں نہیں کرتا، تو میری عمر اب سینتیس برس ہے جب کہ میں تیس سال میں مر گیا تھا وہ اس لیئے کہ مجھے اب زندگی اس طرح نہیں محسوس ہوتی جو تیس سال میں محسوس کرتا رہا ہوں،

آزادی کے دنوں میں میں آزاد طبع، آزاد خیال واقع ہوا تھا ادھر یار دوست بیٹھے ہیں تو آدھی رات تک گپیں ہانک رہے ہیں اور پھر یہ ایک تاریک کمرہ کہ جس کے در و دیوار اب مجھے زبانی یاد ہو چکے ہیں ایک ایک اینٹ گن چکا ہوں میں، پہلے پہل ایک مدت تک میں اپنے ماضی کو یاد کر کے آہیں بھرتا رہا پھر آہستہ آہستہ آہیں ختم ہوئیں تو کمرے کے در و دیوار پر غور کیا کہ اب یہاں اک عمر گزارنی تھی چھت کی اینٹیں تک گن چکا ہوں۔۔۔۔ ایک عرصے تک میری یہ مصروفیت رہی ہے کہ میں اس کمرے کی اینٹیں گنتا رہا ہوں۔۔۔۔

ہاں تو میں کہہ یہ رہا تھا کہ میں مجرم نہیں ہوں۔۔۔

میں نے گریجویشن کر رکھا ہے بی اے کرنے کے سال بعد ہی مجھے محکمہ ڈاک میں

ملازمت مل گئی۔۔

نوکری ملے دوسرا سال تھا جب میری شادی ہو گئی۔۔۔

آپ سوچ رہے ہونگے کہ یہاں تک تو سب ٹھیک ہے تو پھر جیل میں کیونکر آیا ہوں۔۔

ہاں سینئے تو۔۔۔۔۔۔

شادی کے دو سال بعد میرے ہاں بیٹا پیدا ہوا گویا کہ رونق ہی ہو گئی۔۔۔۔۔۔اور پھر جب اس نے چلنا سیکھا

میں کتنا خوش ہوتا تھا اسے چلتا دیکھ کر۔۔۔۔۔میں وہ خوشی شاید لفظوں میں بیاں نہ کر سکوں۔۔ کبھی کبھی لفظ ہار جاتے ہیں۔۔اور جذبات کی جیت ہوتی ہے۔۔۔

کہانی اس دن سے شروع ہوتی ہے جب ایک دن میرے بچہ، میرا پیارا بچہ سیڑھیاں چڑھ رہا تھا اور اسکا پاوں پھسلا اور وہ زمین پر آن گرا۔۔۔۔

ہم اسے ہسپتال لے کر گئے۔۔۔ڈاکٹروں نے بہت سارے ٹیسٹ کیئے اور ٹانگ کا آپریشن کرنے کو کہا۔۔اور جب تک روپے کا انتظام نہیں ہو جاتا ڈاکٹر اپنا فرض ادا کرنے سے قاصر تھے۔۔۔جی آپ کہیں گے کہ ڈاکٹر انسانیت کے خادم ہیں،،،،جی بہتر لیکن بڑے مجبور خادم ہیں۔۔۔

مجھے ایک خطیر رقم درکار تھی۔۔۔۔ پہلی بار ہاں پہلی بار مجھے لگا کہ میں ایک غریب آدمی ہوں جسکے پاس کوئی جائیداد نہیں اور جو کرائے کے مکان میں رہتا ہے اس سے پہلے کبھی ایسا خیال نہیں آیا یا شاید میں نے اس طرح غور نہیں کیا یا یوں کہیں کہ کبھی ایسے حالات سر پر نہیں پڑے تھے۔۔۔۔

میں بھاگم بھاگ تمام قریبی رشتے داروں اور دوستوں کے پاس گیا تو اس دن مجھے

معلوم پڑا کہ یہ ایسے بھی قریبی نہیں ہیں جیسا کہ میں سمجھتا رہا ہوں۔۔۔۔ سارے بہت مجبور لوگ تھے۔۔۔۔۔

بیوی کے زیور بھی اتنے ہی تھے کہ ان سے آدھی رقم کا بندوبست ہوا۔ اپنی سائیکل تک بیچ دی۔۔۔

گھر میں اس سے بڑھ کر کوئی قیمتی سامان نہیں تھا کہ جس سے بقیہ رقم کا انتظام ہو سکے۔۔۔ بنک سے قرضہ لینے کیلیئے بھی کسی چیز کو بطور ضمانت رکھوانا پڑ رہا تھا اور ادھر تو یہ حال کہ سائیکل تک نہیں کہ جو رکھوائی جا سکے۔۔۔۔

پھر میں نے فیصلہ کر لیا اور اس فیصلے پر عمل درآمد کیلیئے آدھی رات کو چودھریوں کی حویلی کی دیوار پھلانگ کر اندر کود پڑا۔۔۔ گناہ اور وہ بھی پہلا گناہ۔۔۔ اف توبہ دل یوں دھڑک رہا تھا کہ گویا ابھی کے ابھی پسلیاں توڑ کر باہر آجائے گا۔۔ ٹانگیں کانپ رہی تھیں۔۔۔ ضمیر الگ جھگڑا کر رہا تھا کہ دیکھ خادم حسین، دیکھ خادم حسین۔۔ تو ایک شریف آدمی ہے اور شریف آدمی یوں آدھی رات کو لوگوں کی دیواریں نہیں پھلانگا کرتے۔۔۔۔۔ میں نے سوچا یہیں سے واپس چلا جاؤں کہ میں ایک شریف آدمی ہوں۔۔۔ دیوار پر واپسی کے لیے ہاتھ بلند کیئے تھے کہ میرا بیٹا میرا ہاتھ تھام کر ابا ابا چلانے لگا۔۔۔ میرے بچے نے میرے پاوں پکڑ لیئے ، ہاتھ جہاں تھے وہیں رک گئے۔۔۔۔۔

نہیں نہیں میں واپس نہیں جا سکتا تھا مجھے صبح تک ہر حال میں پیسے چاہیے تھے اور اتنے سے پیسوں سے چودھریوں کی دولت میں کونسا کمی آجانی تھی۔۔۔

سارا گاؤں کہتا تھا کہ چودھریوں نے بڑا احرام کمار کھا ہے۔۔ سو میں حویلی میں جانے کیلیئے مڑا۔۔۔

اندھیرا کافی زیادہ تھا میں سرچ لائٹ ساتھ لایا تھا جو اب تک بجھار کھی تھی۔۔ سوچا اس سے کام لیا جائے۔۔۔

میں نے ڈرتے ڈرتے سرچ لائٹ جلائی۔۔۔۔

سامنے چودھریوں کا کتا کھڑا تھا۔۔۔ جو لائٹ کے چلتے ہی بھونکنے لگا۔ میں ڈر کے پھر واپسی کیلئے بھاگا کہ کتے نے میری ٹانگ پر اس زور سے کاٹا کہ اتنا عرصہ ہو گیا مجھے ابھی بھی کبھی کبھی اس درد کی کڑواہٹ محسوس ہوتی ہے۔۔۔ مین گیٹ پر بیٹھا چوکیدار چلایا۔۔ کون ہے۔۔۔

اور عین اس لمحے اوپر حویلی کی دوسری منزل سے فائر کی آواز آئی۔۔۔۔۔۔۔۔ میں جو درد کے مارے مرا جا رہا تھا ابھی اٹھا ہی تھا کہ چوکیدار نے آن دبوچا۔۔۔۔

نہیں کہانی یہاں ختم نہیں ہوتی۔۔۔۔۔

پولیس کو بلوا لیا گیا تھا کہ کسی نے چودھری صاحب کو گولی مار دی تھی اور وہ ملزم واپسی پر بھاگتے ہوئے کتے کے حملے سے زخمی ہو گیا تھا۔۔۔۔۔۔۔۔

اس بات کے کئی گواہ بھی پیدا ہو گئے تھے جنہوں نے مجھے گولی چلاتے ہوئے خود اپنی آنکھوں سے دیکھا تھا۔۔۔

مجھے اس دن معلوم ہوا کہ قانون کیوں اندھا ہے۔۔۔۔

تمام گواہوں کی موجودگی میں عدالت نے مجھے دس سال کی قید با مشقت سنائی۔۔۔

نہیں کہانی یہاں بھی ختم نہیں ہوتی۔۔۔۔۔

چودھری صاحب کو فوراً ہسپتال پہنچایا گیا اور ڈاکٹروں کی انتھک محنت رنگ لائی اور

ان کی جان بچی۔۔۔۔۔۔۔۔

عین اسی ہسپتال میں جہاں چودھری صاحب کا آپریشن ہوا اسی ہسپتال میں عین اسی دن ایک بچہ ایڑیاں رگڑرگڑ کر مر گیا۔۔۔۔۔۔

(۲) کہیں جو غالب آشفتہ سر ملے

محمد جمیل اختر

"وہ اپنی تیسویں سالگرہ کے دن پاگل ہو گیا"

"کیا مطلب وہ تو بالکل ٹھیک تھا پھر پاگل کیسے ہو گیا میں سمجھا نہیں۔"

"بس میرے دوست آجکل پاگل ہونے میں دیر تھوڑی لگتی ہے۔۔۔ وہ تو مجھے اس روز بھی پاگل ہی لگا جس روز میں نے اسے بڑی نہر کے کنارے، برف سے ٹھنڈے پانی میں پاؤں ڈبوئے بیٹھے دیکھا۔۔"

"ارے دوست اس سردی میں پاوں لٹکائے بیٹھے ہو، بیمار ہو جاؤ گے نمونیا ہو جائے گا" میں نے اس سے کہا اور وہ جذباتی ہو کر کہنے لگا

"ہاں ہو جاؤں بیمار تو۔۔۔ تمہیں کیا مسئلہ ہے، میں چاہے یہاں چھلانگ لگا دوں اور وہ جہاں سورج ڈوب رہا ہے وہاں سے میری لاش نکلے یا لوگ مجھے تلاش کرتے کرتے تھک جائیں اور میں نہ ملوں۔۔۔ تمہیں کوئی مسئلہ ہے"۔۔۔

معلوم نہیں اس نے اور کیا کیا کہا ہو گا میں تو جلدی جلدی وہاں سے آگے بڑھ گیا تھا۔۔۔

"کسی لڑکی کا چکر تو نہیں تھا؟"

"نہیں نہیں اس کی تو بچپن میں منگنی ہو گئی تھی۔ ہاں لیکن اس لڑکی نے بعد میں اس سے شادی کرنے سے انکار کر دیا تھا، اس کا خیال تھا کہ وہ ایک ناکام شخص ہے جو بی اے کرنے کے بعد فارغ پھرتا ہے۔۔۔"

"تو اسے نوکری کرنی چاہیئے تھی نا۔"

"اس نے کبھی کام کرنے سے انکار نہیں کیا تھا اور سچ تو یہ ہے کہ آجکل بی اے پاس کو کون پوچھتا ہے۔۔۔"

"میں نے سنا ہے وہ گاؤں کے پرائمری سکول میں استاد تھا؟"

"نہیں نہیں وہ قصہ یوں نہیں ہے۔ بی اے کرنے کے کئی سال تک وہ دفتروں میں جوتیاں چٹخاتا رہا لیکن نوکری نہیں ملی، گاؤں کے سکول میں جب مالی اور چوکیدار کی جگہ خالی ہوئی تو اس نے وہاں درخواست دی اور قسمت اچھی تھی کہ چوکیدار بھرتی ہو گیا۔۔ جس روز وہ چوکیدار بھرتی ہوا، اسی روز اس لڑکی نے اس سے شادی کرنے سے انکار کر دیا۔۔۔ اب بھلا چوکیدار سے وہ کیسے شادی کر لیتی۔۔۔"

"بیچارہ شاید اس لیئے پاگل ہو گیا؟"

"نہیں میرا نہیں خیال، کیوں کہ چوکیدار بھرتی ہونے کے بعد کئی بار میری اس سے ملاقات ہوئی وہ بہت خوش تھا کہ بیروزگار رہنے سے تو یہ بہتر ہے"

"اور یہ جیل کا کیا قصہ ہے؟"

"ہوا یہ کہ ایک روز رات کو کوئی سکول کے سارے کمروں کے پنکھے اتار کر لے گیا پولیس نے شک کی بنیاد پر اسے ہی جیل میں بند کر دیا، مقدمہ چلا اور عدالت نے دفعہ ۳۷۹ کے تحت ۳ سال کی قید بامشقت سنا دی۔۔۔ میں ایک بار جیل میں اس سے ملنے گیا تھا۔۔۔ بیچارہ بہت اداس تھا۔۔۔ وہ روتا جاتا تھا اور کہتا تھا، میرا یقین کرو، خدا کی قسم میں نے چوری نہیں کی۔۔۔ اس کی آنکھیں رو رو کے ایسی سوجی ہوئی تھیں کہ میں پھر کبھی اس سے جیل ملنے نہ گیا۔۔۔ وہ کوئی آنکھیں تھیں، کئی روز تک مجھ سے وہ آنکھیں نہ بھولتی تھیں۔

جب وہ تین سال بعد جیل سے رہا ہو کے آیا تو لوگوں کا اس کے ساتھ رویہ یکسر بدل گیا تھا۔۔۔ لوگ اسے ایک چور سمجھتے تھے۔۔۔ بیچارہ کسی دکان پر جاتا تو دکاندار مشکوک نظروں سے دیکھتا کہ اس کے ہاتھ کہاں ہیں، آنکھیں کہاں ہیں۔ نوٹ کو الٹ پلٹ کر دیکھتے کہ اصل ہے کہ نقل۔۔۔ دو بار تو کسی کی بھینس چوری ہوئی تو شک کے الزام میں اس بیچارے کو وہ مار پڑی کہ کچھ نہ پوچھو حالانکہ کے بعد میں وہ جانور کچے کے علاقے سے ملے تھے۔۔۔ لیکن اسے خوب مار پڑی۔۔۔

جب انسان کو شک کا چشمہ لگا کر دیکھا جائے تو اس کا اچھا عمل بھی اچھا نہیں سمجھا جاتا، ایک بار نمبر دار صاحب کا پرس کہیں گر گیا جو بد قسمتی سے اس کے ہاتھ لگا اس نے شناختی کارڈ دیکھا اور امانت لوٹانے نمبر دار کے گھر گیا، نمبر دار صاحب نے بغیر تحقیق کیئے اس پر الزام لگا دیا کہ پرس اس نے ہی چرایا تھا اور جیل جانے کے ڈر سے اب واپس دینے چلا آیا ہے، اس نے کچھ نہ کہا اور چپ چاپ واپس چلا آیا۔۔۔

"لیکن میں نے تو سنا ہے جیل میں جو چھوٹے مجرم جاتے ہیں وہ بڑے مجرم بن کر آتے ہیں تو وہ کیونکر ایسا تھا؟"

"جی بالکل آپ نے ٹھیک سنا ہے لیکن وہ کوئی مجرم نہیں تھا۔۔ یقین مانیں وہ ایک انتہائی شریف آدمی تھا جسے لوگ مجرم سمجھتے تھے۔ حتی کہ اس کا باپ بھی اسے ایک چور سمجھتا تھا۔۔۔ اب ایک چور کا گھر میں کیا کام۔۔۔ سو گھر سے نکالے جانے کے بعد اس کا ریلوے سٹیشن پر بسیرا تھا۔ لیکن انسان نے صرف رہنا ہی تو نہیں ہوتا نا، پیٹ کی آگ بھرنے کو کام بھی کرنا پڑتا ہے وہ گاوں کا سب سے سستا مزدور تھا جہاں مزدور پانچ سو دیہاڑی لیتے ہوں وہاں لوگ اسے ڈھائی سو روپے اجرت دیتے"

"وہ کام کم کرتا ہو گا نا"

"نہیں نہیں بالکل نہیں۔ وہ چور نہیں تھا حتی کہ وہ کام چور بھی نہیں تھا۔ وہ لگاتار اندھا دھند کام کرتا اور شام کو آدھی مزدوری چپ چاپ لے کر ریلوے سٹیشن چلا جاتا کہ اب وہی اس کا گھر تھا۔"

جیل سے آنے کے بعد اس کا لوگوں سے ملنا جلنا تقریباً نہ ہونے کے برابر تھا۔۔۔ میں کبھی کبھار اتوار کی شام ریلوے سٹیشن جاتا تو اس سے ملاقات ہو جاتی، ایک بار میں ایک مہینہ لاہور رہنے کے بعد واپس لوٹا اور ایک شام ریلوے سٹیشن پر چہل قدمی کرنے گیا تو اس نے مجھے دور سے دیکھا اور بھاگ کر آیا۔

"تم ٹھیک تو ہو، تم کہاں تھے؟ عرصہ ہو گیا تم ملنے نہیں آئے میں نے ہر اتوار تمہارا انتظار کیا"

میرے وہم و گمان میں بھی نہیں تھا کہ کوئی ہر اتوار میرا انتظار کرتا ہے فقط پانچ منٹ کی ملاقات کے لیئے۔۔۔

ایک دسمبر کی یخ بستہ شام سگریٹ سلگائے چہل قدمی کرتے ہوئے میں ریلوے سٹیشن گیا تو وہ ایک بنچ پر اکڑوں بیٹھا سردی سے کانپ رہا تھا وہ میرا بچپن کا دوست تھا میں واپس آیا اور ایک کمبل لا کر اسے دے دیا۔

"دوست یہ کمبل لے لو" میں نے کہا

""شکریہ۔۔۔ وہ، وہ۔۔۔"

"ہاں ہاں بتاؤ دوست"

"وہ کچھ دن سے کام نہیں ملا میں دو دن سے بھوکا ہوں"۔۔۔ وہ رو رہا تھا۔۔۔ کسی خوددار آدمی کے لیئے مانگنا کس قدر مشکل ہوتا ہے یہ مجھے اس روز معلوم ہوا۔۔

اس کے بال بڑھ گئے تھے وہ بالکل بھی اپنا خیال نہیں رکھتا تھا۔۔ ایک وقت آیا کہ

سارا گاؤں ہی اسے چور سمجھتا تھا، لوگ کہتے تھے اس نے چوروں کی طرح بال بڑھا رکھے ہیں، حالانکہ میں جب بھی اس سے ملنے ریلوے سٹیشن گیا مجھے وہ ایسا مسافر لگا جو سب کچھ راہ میں لٹا چکا ہو۔۔۔

اتفاق سے اس کی اور میری سالگرہ ایک ہی دن ہوتی ہے ہم جب میٹرک میں تھے تو ایک بار سب دوستوں نے مل کے ہم دونوں کے لیئے کیک کا انتظام کیا تھا۔۔ میں نے سوچا آج ریلوے سٹیشن جانا چاہیئے سو جب میں وہاں پہنچا تو وہ زمین پر بیٹھا تھا۔۔

"دوست کیا کر رہے ہو" میں نے کہا

"پکڑ لو"

"کسے؟"

"اس چیونٹی کو۔۔۔"

"چیونٹی کو کیوں؟"

"بس پکڑ لو"

"لیکن چیونٹی نے کیا کیا ہے؟"

"ٹھہرو میں اس چڑیا کو پکڑ کر لاتا ہوں وہ جو، اڑی جا رہی ہے۔۔"

"لیکن کیوں؟"

اور وہ اٹھا اور جس سمت چڑیا اڑی جا رہی تھی، بھاگنے لگا۔

"پکڑ لو۔۔۔ پکڑ لو۔۔۔"

دور افق میں سورج ڈوب رہا تھا اور وہ بھاگے جا رہا تھا۔۔۔

اس کے بعد میں نے اسے کبھی نہیں دیکھا۔۔۔۔۔۔

(۳) مہندی رچے ہاتھ

اقبال حسن آزاد

دور کہیں پہیوں کی گڑ گڑاہٹ اُبھری۔

کوئی ٹرین گذر رہی تھی۔ پھر وہ آواز معدوم ہو گئی۔ اب ہر طرف سناٹا تھا اور ایک دبیز تاریکی۔ اس کی آنکھیں کھل نہیں پا رہی تھیں۔ دونوں پپوٹے آپس میں یوں پیوست ہو گئے تھے گویا کسی نے انہیں گوند سے چپکا دیا ہو۔ اس نے زور سے چلانا چاہا مگر اس کے حلق سے کوئی آواز نہ نکل سکی۔ اسے اپنا دم گھٹتا ہوا محسوس ہوا۔ وہ گہری، اندھیری اور دبیز دلدل میں دھنستا جا رہا تھا۔ ساتھ ہی ساتھ اس کے سارے احساسات بھی زرد موسم کے پتوں کی طرح اس کا ساتھ چھوڑے جا رہے تھے مگر امید کا ایک ننھا سا ستارا زندگی کی علامت بن کر جھلملا رہا تھا۔ دیکھتے ہی دیکھتے اس ستارے کے ذرا نیچے باریک سا چاند طلوع ہوا۔ پھر اس کے کانوں میں خوشگوار ہوا کے جھونکوں کے ساتھ ایک چہکار گونجی۔

"ابا! ابا!! میرے لئے نئے کپڑے۔۔۔۔۔" ایک بچی کی معصوم فرمائش۔

"اور میرے لئے بہت سارے کھلونے۔۔۔۔۔" ایک توتلی آواز۔

"اور تمہارے لئے۔۔۔۔؟" اس نے شرارت آمیز نظروں سے سلمہ کی جانب دیکھتے ہوئے پوچھا۔ ستارہ جیسی آنکھوں والی نے اسے ایک لسٹ تھما دی۔ چوڑیاں، مہندی، ساڑی، بلاؤز اور نہ جانے کیا کیا۔

دیکھتے ہی دیکھتے رو پہلا چاند غروب ہو گیا مگر وہ روشن ستارہ اب بھی جھلملا رہا تھا۔ اس

کا جی چاہا کہ زور زور سے رونا شروع کر دے مگر اب اسے خود پر کوئی اختیار نہ تھا۔ وہ نہ چیخ سکتا تھا، نہ چلا سکتا تھا اور نہ ہی رو سکتا تھا۔

اچانک اس کانوں میں کسی غم زدہ عورت کے رونے کی آواز آئی۔ اس نے اپنی چھاتی پر دو ہتّڑ مارا۔ چوڑیوں کے ٹوٹنے کا چھناکا ہوا اور پھر ایک ساتھ کئی عورتیں رونے لگیں۔ اس نے بچی کھچی طاقت کو یکجا کر کے اپنے جسم کو جنبش دینا چاہا۔ اس دفعہ وہ کامیاب رہا مگر اسے اپنے بائیں بازو میں زبردست ٹیس محسوس ہوئی۔ اس کے منہ سے ایک ہلکی سی کراہ نکلی۔ پھر ایک ساتھ کئی آوازیں اس کے پردۂ سماعت میں ارتعاش پیدا کرنے لگیں۔

"اس ڈیڈ باڈی کو یہاں سے شفٹ کرو۔" پہلی آواز آئی۔

"اسٹریچر لاؤ۔" دوسری آواز آئی۔

اس نے زور سے سانس لی اور پھر اس کی آنکھیں آپے آپ کھل گئیں۔ اس نے نظریں گھما کر چاروں طرف دیکھا۔ وہ کسی ہسپتال کا جنرل وارڈ تھا۔ پورا کمرہ بھانت بھانت کے لوگوں سے بھرا پڑا تھا۔ داہنی جانب والی بیڈ پر ایک لاش پڑی تھی۔ ایک بے حال سی عورت لاش کے پائنتانے بال بکھرائے بے سدھ پڑی تھی۔ اس کی کلائیاں سونی تھیں مگر ہتھیلیوں پر مہندی رچی تھی۔ چوڑیاں تو توڑی جا سکتی ہیں مگر مہندی کا رنگ اتنی جلدی چھڑایا نہیں جا سکتا۔ تین مرد، جن کے شیو بڑھے ہوئے تھے، بیڈ کے ارد گرد کھڑے تھے۔ دو چھوٹے چھوٹے بچے خالی نظروں سے لاش کو تکے جا رہے تھے۔ یہ نظارہ دیکھ کر وہ ایک بار پھر بے ہوشی کے دلدل میں دھنسنے لگا۔ پھر وہی دبیز تاریکی۔۔۔۔ مگر وہ ننھا ستارہ اب بھی جھلملا رہا تھا۔ پھر وہ ستارہ اس کی نگاہوں کے قریب آتا گیا یہاں تک کہ اس نے ایک دودھیا بلب کی شکل اختیار کر لی اور پھر دیکھتے ہی دیکھتے انگنت دودھیا بلب اس کے چاروں طرف روشن ہو گئے۔ ساڑیوں کی اس بڑی سی دکان میں بڑی ہماہمی تھی۔ وہ

کاؤنٹر کے پیچھے کھڑا نہایت مشاقی کے ساتھ گاہکوں کو ساڑیاں دکھانے میں مشغول تھا۔ دکان میں بس عورتیں ہی عورتیں تھیں۔ جب وہ کوئی خوبصورت ساڑی کاؤنٹر پر پھیلاتا تو یہ سوچے بغیر نہیں رہتا کہ یہ اس کی بیوی پر کیسی لگے گی۔ بس چند دنوں کی بات ہے۔ عید میں وہ اپنے گھر پر ہو گا۔۔۔۔۔بیوی بچوں کے ساتھ۔۔۔۔۔اس نے ساری تیاریاں مکمل کر لی تھیں۔ ایک روز سیٹھ جی نے دریافت کیا۔

"کہیے نسیم میاں! ریزرویشن ہو گیا؟"

"نہیں جناب! بہت کوشش کی۔ ٹریولنگ ایجنٹ کے پاس بھی گیا۔ تتکال میں ہونے کی بھی امید نہیں ہے۔ کسی گاڑی میں کوئی جگہ نہیں ہے۔"

"اب آپ کیسے جایئے گا؟"

"اب تو جنرل بوگی میں جانا ہو گا۔"

"مگر اس میں تو بڑی پریشانی ہو گی۔"

"اب کیا کیا جائے۔ جانا تو ہے ہی۔"

عید کے دو روز قبل جب وہ اسٹیشن پہنچا تو بھیڑ دیکھ کر اس کے پسینے چھوٹ گئے۔ جنرل بوگی میں تل رکھنے کی جگہ نہ تھی۔ ایک قلی کو روپے دے کر بس بیٹھنے بھر کا انتظام کر پایا تھا۔ اپنا سوٹ کیس اس نے سیٹ کے نیچے رکھ دیا۔ وہ کرتا پائجامہ پہن کر ہی نکل کھڑا ہوا تھا۔ سال بھر کی کمائی اس نے تھیلی کی شکل میں پیٹ پر باندھ رکھی تھی۔ بوگی میں کسی نے سگریٹ سلگا لیا تھا جس کا کڑوا دھواں کئی مسافروں کو ناگوار گذر رہا تھا مگر کسی نے اسے منع کرنے کی ہمت نہیں کی۔ کیا پتہ وہ پلٹ کر چاقو نکال لے۔ آج کل تو لوگ ذرا ذرا سی بات پر دوسروں کی جان لے لیتے ہیں۔ اس نے اپنی سانس روک لی۔ اس کا سر چکرانے لگا۔ اس نے اپنے ہاتھوں سے دھوئیں کو بکھیرا اور پھر ایک زور کی سانس لی۔

"چائے! گرم چائے!!" پتہ نہیں کہاں سے ایک چائے والا لوگوں کو الانگھتے پھلانگتے وہاں تک آ پہنچا تھا۔ اس کے سامنے والی سیٹ پر بیٹھے ہوئے آدمی نے چائے والے کو اشارے سے بلایا۔

"لیجئے چائے پیجئے۔" چائے کا کلہڑ تھامے ایک ہاتھ اس کی جانب بڑھا۔ اس نے انکار کرنا چاہا مگر اس سے پہلے پھر وہی اصرار کرتی آواز اُبھری۔

"لیجئے نا!" اور اس کا ہاتھ بے اختیار کلہڑ کی جانب بڑھ گیا۔

پہلا گھونٹ۔۔۔۔۔چائے گرم تھی۔ میٹھی بھی مگر ایک ہلکی سی بے نام تلخی لئے ہوئے۔

دوسرا گھونٹ۔۔۔۔۔ویسی ہی گرم اور تلخ۔

تیسرا گھونٹ۔۔۔۔۔پھر اس کے بعد چراغوں میں روشنی نہ رہی۔ ایک گہری تاریکی۔ بس ایک ننھا سا ستارہ جھلملا رہا تھا۔ پھر اس ستارے سے ایک ساتھ کئی شعاعیں پھوٹیں اور اس کی آنکھوں میں چبھنے لگیں۔ اس نے بڑی بے چینی محسوس کی۔ اس نے ایک زور کی سانس لی اور اس کی آنکھیں خود بخود کھل گئیں۔ نظروں کے سامنے سفید چھت تھی اور اس سے لٹکتا سیلینگ فین۔ اس نے اُٹھنے کی کوشش کی مگر ناکام رہا۔ اس نے نظریں گھمائیں۔ کھڑکی کھلی تھی اور صبح کا سورج اپنی تیز کرنوں کے ساتھ اس کے سامنے روشن تھا۔ اس کے بائیں ہاتھ میں اب تک چبھن ہو رہی تھی۔ بیڈ کی بائیں جانب ایک خالی بوتل لٹکی ہوئی تھی اور ایک سرنج اس کے بائیں بازو میں کھبی ہوئی تھی۔ اس نے بدقت تمام اپنے جسم کو موڑا اور پھر اپنے داہنے ہاتھ سے سرنج نکال کر اٹھ بیٹھا۔ اس کے جسم پر صرف میلا کچیلا پائجامہ بچا تھا۔ داہنی جانب والا بیڈ خالی تھا۔ زمین پر ہرے کانچ کی چوڑیوں کے ٹکرے بکھرے پڑے تھے۔ وہ بستر پر پیر لٹکا کر بیٹھ گیا اور خالی خالی

نظروں سے چاروں طرف دیکھنے لگا۔ اسے کچھ بھی نہ یاد تھا کہ وہ کون ہے، کہاں سے آیا ہے اور کہاں جانا ہے۔ ذہن کسی دھلی ہوئی سلیٹ کی طرح سادہ تھا۔ اچانک ایک بوڑھی عورت ہاتھوں میں ایک بوسیدہ سی چادر لئے ہوئے آئی اور بغیر کچھ کہے اس نے وہ چادر اس کے جسم پر ڈال دی۔ اس نے اس بوڑھی عورت کو غور سے دیکھا۔ جھریوں بھرا چہرہ، سفید ساڑی، ننگی کلائیاں۔ سر پر بے ترتیبی سے پھیلے ہوئے سفید بال اور شفیق آنکھیں۔ ارے یہ تو اماں ہیں۔ اماں یہاں کیسے آ گئیں۔ انہیں گذرے ہوئے تو ایک زمانہ بیت گیا۔ پھر اس بوڑھی عورت نے اشارے سے دریافت کیا۔

"بھوک لگی ہے؟" اس نے اثبات میں سر ہلا دیا۔ بوڑھی عورت اس کا ہاتھ پکڑ کر اسپتال سے باہر لے گئی۔ مین گیٹ سے ذرا ہٹ کر چائے کی ایک چھوٹی سی دکان تھی۔ اس بوڑھی عورت نے دو بسکٹ اور ایک گلاس چائے اس کی جانب بڑھایا۔ یہ چائے گرم تھی اور میٹھی بھی۔ مگر اس میں تلخی کا شائبہ تک نہ تھا۔ چائے پینے کے بعد اس کی آنکھیں پورے طور پر کھل گئیں۔ اب وہ سب کچھ صاف صاف دیکھ سکتا تھا۔ اس نے دیکھا سڑک کے کنارے ایک نیم عریاں لاش پڑی تھی۔ لاش کا منہ کھلا ہوا تھا اور اس کی پتھریلی آنکھیں آسمان پر ٹکی ہوئی تھیں۔ اسے اُس مردے کا چہرہ جانا پہچانا سا لگا۔ پھر اسے یاد آ گیا۔ یہ بھی اس کے ساتھ سفر کر رہا تھا اور شاید اسے بھی چائے پیش کی گئی تھی۔ بوڑھی عورت کہہ رہی تھی۔

"یہ بے چارہ تو مر گیا۔ پرماتما کی کرپا سے تم بچ گئے۔"

اب ہر شے بالکل صاف اور واضح تھی۔ اسے صرف یہ نہ معلوم تھا کہ ہسپتال تک کیسے پہنچا۔ بوڑھی عورت نے اس کی یہ مشکل بھی حل کر دی۔ اس نے بتایا کہ رات کو کسی وقت ایک سپاہی ان دونوں کو ایک ٹھیلے پر لاد کر لایا تھا اور ہسپتال کے عملے نے دونوں کو

الگ الگ بیڈ پر لٹا کر ایک ایک بوتل چڑھا دی تھی۔ وہ دوسرا شخص مر گیا تو اسے ہسپتال سے باہر زمین پر رکھ دیا گیا۔ اس نے لاش کی جانب ایک بار پھر دیکھا۔ اسے جھرجھری سی آگئی اور اس نے گھبرا کر نظریں پھیر لیں۔

بوڑھی عورت جا چکی تھی۔ مگر اس کی دی ہوئی چادر اب تک اس کے جسم سے لپٹی ہوئی تھی اور اب جبکہ زندہ ہونے کا احساس اس کی رگ رگ میں سما چکا تھا تو زندگی کے سارے مسائل بھی اس کے سامنے آن کھڑے ہوئے تھے۔ یہی مسائل تو انسان کو زندہ رکھتے ہیں۔ اپنے لئے جینا تو وہ کب کا چھوڑ چکا تھا۔ اب وہ صرف دوسروں کے لئے زندہ تھا۔ اور جن لوگوں کے لئے وہ جی رہا تھا ان کے پاس خالی ہاتھ کس طرح جائے گا۔ مگر جانا تو تھا ہی۔ وہ ڈگمگاتے قدموں سے پوچھتے پاچھتے اسٹیشن تک پہنچ گیا۔ وہاں پہنچ کر وہ پلیٹ فارم کے ایک کنارے بیٹھ رہا۔ اب کیا ہو گا؟ بچوں کے کپڑے، کھلونے، بیوی کے ملبوسات، چوڑیاں۔۔۔۔ ہرے کانچ کی چوڑیاں۔ چھن چھناتی ہوئی۔۔۔۔ چھن چھن چھن۔

چھن کی آواز پر اس نے آنکھیں کھول دیں۔ کسی نے اس کے آگے ایک سکہ پھینک دیا تھا۔ پھر تھوڑے تھوڑے وقفے سے سکے گرتے رہے اور وہ خالی خالی نظروں سے بس انہیں دیکھتا رہا۔ دور بیٹھا ایک فقیر دزدیدہ نگاہوں سے اس کی جانب دیکھ رہا تھا۔ کئی گھنٹے یوں ہی گذر گئے۔ دو بجے اس کے شہر کی جانب جانے والی گاڑی آئی تو وہ اُٹھا اور زمین پر پڑے سکوں سے بے نیازانہ آگے بڑھ گیا۔ دور بیٹھا فقیر کسی چیل کی طرح جھپٹا اور اپنے غلیظ ہاتھوں سے سکے بٹورنے لگا۔ وہ ٹرین میں سوار ہو کر دروازے کے پاس ہی بیٹھ رہا۔

جس وقت گاڑی اس کے شہر پہنچی شام گھر آئی تھی۔ وہ اسٹیشن سے باہر نکلا اور

ڈگمگاتے قدموں سے اپنے گھر کی جانب بڑھا۔ مغرب کی اذان ہو رہی تھی اور گلی میں سناٹا تھا۔ اس نے کانپتے ہاتھوں سے اپنے گھر کا دروازہ کھٹکھٹایا۔ اندر سے اس کی بیوی کی آواز آئی۔

"لگتا ہے کوئی افطار مانگنے آیا ہے۔" اس نے پھر کنڈی کھٹکھٹائی۔ کمزوری اس قدر شدید تھی کہ اس سے کھڑا نہیں ہوا جا رہا تھا۔ وہ دروازے سے لگ کر بیٹھ گیا۔ اسے برتنوں کے رکھنے اور اُٹھانے کی آواز آئی۔ اس نے چاہا کہ آواز دے مگر نقاہت نے اس کی زبان کو گویا بے جان کر رکھا تھا۔ پھر دروازہ کھلا اور مہندی رچا ایک ہاتھ افطار کی پلیٹ لئے سامنے آیا۔

"سلمہ۔۔۔۔۔ میں ہوں، میں۔" اس نے کہنا چاہا مگر اس کے حلق سے کوئی آواز نہ نکل سکی۔ بوڑھی عورت نے جو چادر اسے اُڑھائی تھی وہ ابھی تک اس کے جسم سے لپٹی ہوئی تھی اور اس کا ایک کونا زمین پر پڑا ہوا تھا۔ مہندی رچے ہاتھ نے افطار کی پلیٹ چادر پر اُلٹ دی اور پھر دروازہ اندر سے بند ہو گیا۔

(۴) پوت کے پاؤں

نسترن احسن فتیحی

بچے کی حرکتیں دیکھ کر ماں فکر مند ہو جاتی اور بار بار کہتی۔۔ "پوت کے پاؤں پالنے میں ہی پتہ چل جاتے ہیں –"، اس لڑکے کے لچھن اچھے نہیں۔۔۔ مگر تم اپنے بیٹے پر دھیان نہیں دیتے۔

مگر باپ مسکرا کر رہ جاتا۔۔۔ اور بیٹے پر ایک شفقت بھری نظر ڈال کر اپنی مصروفیت میں مگن ہو جاتا۔۔ ماں کی فکر اور باپ کی بے فکری نہ گئی۔ بچہ بڑا ہوتا گیا۔۔۔ کبھی کبھی احتجاجاً ماں چیخ اٹھتی۔۔۔

" تم کچھ کہتے کیوں نہیں۔۔۔ ذرا پڑھنے میں دل نہیں لگاتا۔۔ اتنے پڑھے لکھے انسان کا اپنا بیٹا ایسا نالائق۔۔ روز جھگڑا کر کے گھر آتا ہے، اور کسی کی بھی چیز جبراً اٹھا لاتا ہے، مجھے یہ بالکل پسند نہیں، کیا چور ڈاکو بنے گا۔"

باپ پھر بھی کچھ نہ کہتا۔۔۔ اور اسے مسکرا کر ایسے دیکھتا جیسے دنیا کا سب سے مطمئن باپ ہو۔ اور ماں رنج سے گنگ رہ جاتی۔۔۔ دوسروں کے بچوں پر ہر وقت محنت کرنے والا انسان اپنے بچے سے اتنا غافل کیسے ہے۔ بلکہ اسے یہ بھی لگنے لگا تھا کہ وہ باپ کی شہ پر مزید خود سر ہوتا جا رہا ہے۔ سن بلوغت کی طرف بڑھتے قدم بتدریج دنیاوی معاملات میں اسے سرگرم کر رہے تھے اور وقت سے پہلے کر رہے تھے، ماں واضح طور پر محسوس کرنے لگی تھی کہ وہ اپنے معاملات اور زندگی سے اپنے والدین تک کو متروک کرتا

جا رہا ہے—

آخر ایک دن ماں سے نہ رہا گیا۔۔۔ وہ شوہر کے پاس آکر سبک پڑی۔۔۔ "تم اتنے مطمئن کیسے ہو سکتے ہو اپنے بیٹے کی طرف سے۔۔۔ کیا بنے گا وہ۔۔۔۔؟

شوہر نے اپنی موٹی سی عینک اتار کر ٹیبل پر رکھی۔۔ بیوی کی طرف دیکھ کر سکون اور بردباری سے کہا۔۔۔۔

"میری ماں کو بھی میری اتنی ہی فکر تھی، جتنی تمہیں ہے؟ اور میرے والد نے بھی میری بہت پرواہ کی، مجھے ہر طرح سے باندھ کر رکھا، میرا ایک لمحہ ادھر ادھر ضائع نہ ہونے دیا۔۔ اور میں نے بہت پڑھا، بہت اچھے رزلٹ لائے اور دیکھ لو آج کیا حیثیت ہے ؟۔۔۔ مگر میرے بیٹے کا فیوچر بہت برائیٹ ہے۔۔۔ اس میں وہ ساری خصوصیت پروان چڑھ چکی ہے جس کے آگے سارے نمبر، رزلٹ، نالج اور عہدے سر جھکا کر ہاتھ بندھے کھڑے رہیں گے۔۔۔ اور اسے خود کے لئے کسی سند کی ضرورت ہی نہیں پڑے گی۔۔۔۔ وہ اس ملک کا ایک کامیاب نیتا بنے گا۔"

(۵) سادہ اوراق

نسترن احسن فتیحی

ایک گھنی آبادی کے فلیٹ کی پانچویں منزل کے اکلوتے کمرے میں اور موسموں کی زیادتی کی زد میں احمد کو تنہا رہتے ہوئے دو سال ہو چکے ہیں۔۔ آج کل مئی کی گرمی کی دوپہر میں یہ کمرہ تپش سے انگیٹھی بن جاتا ہے، اور وہ گھبرا کر بلا ارادہ باہر نکل جاتا ہے، کیونکہ اس کمرے میں بیٹھنے سے بہتر اسے گلیوں، سڑکوں اور بازاروں میں آوارہ گردی کرنا لگتا ہے۔۔ اپنے چہار طرف بکھرے چہروں میں وہ نہ جانے کیا تلاش کرنے کی کوشش میں یہاں وہاں بھٹکتا رہتا ہے۔۔۔ اس کی آدھی توجہ اپنی جیب میں پڑے چند سکوں کے حساب کتاب کی طرف رہتی ہے، چہروں کی طرف کم، کیونکہ جگہ جگہ بس بدلتے ہوئے اور چائے پیتے ہوئے یہ سکے کم ہوتے جاتے ہیں، اور جن کہانیوں کی تلاش میں وہ نکلتا ہے انہیں ڈھونڈھ نہیں پاتا۔ مگر گھر سے نکلتے وقت سادہ اوراق والی ڈائری اور قلم اپنے کندھے سے لٹکتے ہوئے تھیلے میں رکھنا نہیں بھولتا۔۔ سوچتا ہے نوکری ملتے ہی ایک ٹیب ضرور لے گا ابھی تو ایک معمولی سا موبائیل ہے جس سے صرف فون رسیو کیا جا سکتا ہے کیونکہ اس کے فون میں کبھی بیلنس نہیں ہوتا۔ دن بھر کی آوارہ گردی کے بعد شام کو اپنے کمرے میں لوٹنے کی شدید خواہش لئے وہ واپس آ جاتا ہے، نہا کر تھکن اور تپش سے چھٹکارا پانے کے بعد اسے اس بڑے شہر میں یہ کمرہ کسی عیاشی سے کم نہیں لگتا وہ کمرے کے سامنے چھوٹی سی کھلی چھت پر کرسی نکال کر بیٹھ جاتا ہے، اترتی ہوئی شام میں

کھلی چھت پر کرسیڈ ال کر بیٹھنا اسے بہت اچھا لگتا ہے، گاؤں کے گھر کا کھلا آنگن چھوڑنے کی تکلیف بھلانے میں مدد گار ہے یہ چھت۔ ہلکی ہلکی ہوا کے جھونکے دن بھر کی تھکاوٹ کو زائل کرنے میں کار گر ثابت ہوتے ہیں اور یہی وہ وقت ہوتا ہے جب وہ دن بھر کی خاک چھان کر آنے کے بعد اپنی ڈائری کے سادہ اوراق کو پھر سے سنبھال کر بیٹھ جاتا ہے اور گردش وقت کا نوحہ لکھنا چاہتا ہے۔ مگر جو وہ لکھنا چاہتا ہے وہ لکھ نہیں پاتا، قصبہ چھوڑتے وقت زندگی کے جس حسین رخ کو دیکھنے کی خواہش لے کر وہ آیا تھا وہ تو اسے اب تک نظر نہیں آئی تھی، ماں نے کہا تھا مت جا بیٹا یہاں اور کچھ نہیں مگر سکوں تو ہے۔۔ بہن نے کہا تھا بھیا نوکری ملتے ہی اچھا سا مکان لینا اور ہمیں بھی شہر میں بلا لینا۔۔ اور تحفے میں یہ ڈائری دے کر کہا تھا۔۔ "اپنے لکھنے کی عادت اور سچ لکھنے کی عادت مت چھوڑنا۔۔۔ اس میں ایک ایک دن کی روداد لکھنا میں آکر پڑھوں گی تمہاری ڈائری۔۔۔ مگر وہ جب بھی اس ڈائری کو کھولتا ہے کچھ لکھ نہیں پاتا۔۔۔ کوئی خوبصورت یادداشت، کوئی کہانی، کوئی امید۔ ایسا کوئی سچ نہیں کہ وہ لکھ سکے یا بد صورت سچ کو لکھنے کی ہمت نہیں اس میں، حالات نے آج کل ان احساسات کا سودا کرنے پر مجبور کر رکھا ہے۔۔ اپنے لکھنے کی عادت کی وجہ سے ہی وہ یہاں ٹکا ہوا ہے۔ قصبے سے آکر دلی جیسے بڑے شہر میں ایک کمرے کی عیاشی قائم رکھنے کا یہی واحد ذریعہ ہے۔ نوکری تو ملی نہیں مگر بہت سے ایسے دوست ضرور مل گئے جو اخبار، ریڈیو اور ٹی وی میں کام کرتے ہیں۔۔۔ اور اس سے 'گھوسٹ رائیٹنگ' کروا کر اس کی جیب میں چند روپے سرکا دیتے ہیں۔ کئی بار تو وہ سچائی کے مکروہ چہرے پر اس کی تحریروں کا گہرا نقاب ڈالنا چاہتے ہیں، کئی بار گڑھے ہوئے جھوٹ پر سچائی کی پالش چڑھوانے آتے ہیں۔۔ ان کے پاس نوکری ہے، کام کی زیادتی ہے اور اس کے پاس بے کاری اور ضرورت ہے۔ اس لئے وہ اپنی صلاحیت کی چور بازاری کرتا ہے -جینے کے لئے،

نوکری کے لئے روزانہ انٹرویو دیتا ہے اور اپنے خواب کی تعبیر کا انتظار کرتا ہے، دو سال سے دھکے کھا کھا کر وہ سمجھ گیا ہے کہ صحافت کو جو چہرہ اس کی سوچ میں تھا وہ سب ایک سراب ہے کوئی نہ سچ کے لئے کھڑا ہوتا ہے نہ ہونا چاہتا ہے کیونکہ جھوٹ کی قیمت اس دنیا میں زیادہ ہے۔ عام لوگ اس کی تحریر پسند کرتے ہیں، اسے بھی کچھ کچھ اندازہ ہو چکا ہے کہ اس کی تحریر میں سچائی کی جو ترشی ہے وہ لوگوں کو پسند آتی ہے، اس کے لفظوں میں اس کا ضمیر دھڑکتا ہے اس لئے پسند آتی ہے۔۔ اور وہ اپنا ضمیر فروخت نہیں کرنہ چاہتا، اس لئے آج تک بس چھوٹی موٹی چیزوں اور خبروں پر سمجھوتا کرتا آیا ہے، کہ جینے کے لئے کچھ تو کرنا تھا۔۔ اسے امید رہتی ہے کہ یہ اس کا آخری سمجھوتہ ہو گا۔۔ وہ خود سے اور غائبانہ اپنی بہن سے وعدہ کرتا ہے کہ نوکری ملتے ہی سچ سے سمجھوتا کرنا وہ چھوڑ دے گا۔

۔۔بیوہ ماں کا فون اکثر آتا ہے،

"بیٹا واپس آ جا، یہاں قصبے کے اسکول میں ماسٹر نہیں ہیں، تو پڑھا لینا جو بھی ملے گا اس سے اچھا گزارہ ہو گا۔ ہم سب ساتھ رہیں گے۔"

ماں کی معصومیت پر وہ تلخی سے مسکرا دیتا تھا۔۔ ماں نام کی مخلوق صرف گزارہ کر کے اور کروا کر کیوں خوش رہتی ہے۔۔؟ ماسٹری کر لو کہ پیٹ کی بھوک مٹے، شادی کر لو جسم کی بھوک مٹے۔۔۔ کیا بھوک سے آگے اور پیچھے کچھ سوچنا نہیں چاہیئے۔ کیا زندگی میں بھوک ہی واحد سچ ہے۔۔ مگر یہاں جس طرح وہ ابھی رہ رہا ہے وہ گزارہ کرنے سی بھی کوئی نچلے درجے کا سمجھوتا ہے پھر بھی احمد واپس نہیں جانا چاہتا کہ وہاں گزارہ تو ہے مگر اس کے ساتھ کوئی خواب نہیں ہے، اچھے دن کی کوئی امید نہیں ہے اور وہ زندگی ہی کیا جہاں کوئی امید کا دامن ہاتھ میں نہ ہو۔ بس بڑے سے آنگن میں چارپائی پر لیٹ کر آسمان

کے تارے دیکھنا یا اسے دیکھتے دیکھتے سو جانا اور بڑے شہروں کے سنہرے خواب دیکھنا۔ اسی لئے وہ ان خوابوں کے پیچھے پیچھے یہاں چلا آیا، اب زندگی کے لئے اور بھی کتنا کچھ ضروری ہے ایک روٹی اور ایک اور تاروں بھرے کھلے آسمان کے علاوہ۔۔ مگر وہ ماں کو کیسے سمجھائے ؟۔۔ اونچا اڑنے کی خواہش میں وہ اس پانچویں منزل کے کمرے پر آ کر جیسیں ہوا میں معلق ہو گیا ہے اب نہ پیروں کے نیچے زمین ہے اور نہ اڑنے کے لئے خوبصورت آسمان، بس ہاتھ پر مار رہا ہے کہ خوابوں کا دامن ہاتھ سے نہ چھوٹے۔

کمرے میں فون کی گھنٹی بج رہی تھی، نہاتے وقت اس نے فون بستر پر اچھالا تھا، ماں کا ہو گا وہ لپک کر اندر گیا مگر راجیو کا فون تھا، وہ فون لے کر واپس چھت پر آیا اور اپنی کرسی پر بیٹھ گیا۔۔ دل کی دھڑکن بڑھ گئی تھی، راجیو جس اخبار میں کام کرتا تھا اس میں ایکاسامی کی جگہ خالی تھی۔۔۔ اور وہ انٹرویو دے کر آیا تھا۔۔۔

"ہیلو۔۔"

"یار وہ۔ تونے انٹرویو میں یہ کیا کہ دیا کہ تو سچائی سے کوئی سمجھوتہ نہیں۔"

"میں نے وہی کہا جو میں سوچتا ہوں۔۔"

"پاگل ہے یار۔۔ کچھ لچک پیدا کر۔ ہمارے پروفیشن میں اتنی اکڑ اچھی نہیں۔ تیرے ٹیلنٹ سے متاثر ہیں مگر تیرے خیالات سے مطمئن نہیں، تجھے تو ان کے حساب سے ہی کام کرنا ہو گا"

"مگر وہ جس پروجیکٹ پر کام آفر کر رہے ہیں وہ بھی ان کے کہنے کے مطابق وہ میں نہیں کر سکتا۔۔ وہ اس معصوم لڑکی کے خلاف اسٹوری بنانے کو کہ رہے ہیں جس کے ساتھ زیادتی ہوئی ہے، اسے دیکھ کر مجھے اپنی بہن یاد آ گئی۔"

"ارے بہن تو نہیں ہے نا۔۔۔ ؟ میں ان تک تیری ہاں پہنچا دیتا ہوں، جذباتی

ہونے سے زندگی نہیں چلتی۔ کمپرومائیزز کرنے پڑتے ہیں۔۔ اچھی نوکری ہے، اچھے پیسے ہیں۔۔ ان کے حساب سے کام کرنا اتنا مشکل نہیں ایک بار آکر تو دیکھ۔ ساتھ میں رہنے کے لئے فلیٹ بھی ملے گا، اتنی سہولت اور ایسا مشاہرہ تجھے کہیں نہیں ملے گا۔۔"

"ہوووووں۔۔۔ اس نے ٹھنڈی سانس بھری۔۔"

"اچھا میرا دونوں کام کیا؟۔۔۔"

"ابھی نہیں۔۔ تو ایسے جھوٹے سچے کام ہی مجھ سے کیوں کرواتا ہے۔۔ احمد نے جھنجھلا کر کہا"

"ہا۔۔ ہاہا۔۔ یار انہی کاموں میں پیسہ ہے کیا کریں۔۔۔ کتاب پر ریویو لکھ دے جلدی سے۔۔ رائیٹر ایڈوانس دینے کو تیار تھا میں نے نہیں لئے کہ جتنا اچھا ریویو ہو گا اتنی اچھی قیمت لگواؤنگا۔۔۔"

"بہت بکواس کتاب ہے یار۔۔ کیا لکھوں اس پر۔"

"پاگل مت بن۔۔۔ سنا ہے بہت پہنچ ہے اس کی، کوئی ایوارڈ کے لئے کوشش میں ہے اچھا سا ریویو لکھ دے، اپنا کیا جاتا ہے۔ منہ مانگے پیسے دے گا۔"

"مجھے کیوں دے گا۔۔ میں کون سا بڑا نقاد ہوں۔۔"

" صحیح کہا۔۔۔ تیرے نام سے اسے کیا مطلب، اس کی فکر تو مت کر اب وہ ریویو کس کے نام سے آئے گا اور کیسے یہ تیرے سوچنے کی بات نہیں۔ چل کل صبح آتا ہوں تو آج رات لکھ کر رکھنا۔ زیادہ سوچ مت۔۔ وقت بہت بدل گیا ہے۔۔ جینے کے لئے بڑے سمجھوتے کرنے پڑتے ہیں۔۔"

فون رکھ کر اس نے تلخی سے سوچا وقت کہاں بدلتا ہے وہ تو اپنی مستانہ رفتار سے چلتا رہتا ہے۔۔۔ ٹک ٹک ٹک ٹک۔۔۔ سال میں اکتیس (۳۱) ملین سکنڈس کا حساب دیتا

ہوا۔ جذبات، احساسات، معصومیت اور انسانوں کو روندتا ہوا۔ بدلتے تو کردار ہیں، کرداروں کے چہرے، خواب اور خواہشیں، ان کے طریقے، سوچ، انداز، ضرورتیں۔۔، اور ان بدلاؤ کے دھچکے سہتے سہتے زندگیاں۔۔۔ اپنی جگہ خالی اور اسے پر کرتی ہوئی۔ موسم بدلتے ہیں، تاریخیں بدلتی ہیں اور ان سارے بدلاؤ کو ہم وقت کے کھاتے میں ڈالتے جاتے ہیں۔

وہ چھت کی ریلنگ سے نیچے سڑک کی چہل پہل دیکھتا ہے،۔ دنیا بہت بڑی ہے ہر وقت رواں دواں اور مصروف۔۔۔ بھاگ رہی ہے۔۔۔ اپنے اپنے حصے کی خوشیوں کی تلاش میں۔۔۔ اسے ہنسی آجاتی ہے، خوشی کہاں ہے؟۔۔۔ وہ ایک ایک چہرہ پڑھنا چاہتا ہے۔ مگر اتنے اوپر سے اسے لوگ سمجھ میں آسکتے ہیں، لوگوں کے چہرے نہیں۔ کوئی نیا کردار، کوئی نئی کہانی ملے تو وہ لکھے۔۔۔ کہانیاں تو سیکڑوں ہیں اس کے سامنے، مگر کہیں کوئی انفرادیت تو ہو۔ چائے پان کی دکان کے سامنے۔۔ لڑکوں کا غول کھڑا رہتا ہے وہاں پر موجود کار، بائیک، دیوار کے سہارے کمر ٹیڑھی کئے یا کہنیاں ٹیکے اور گھٹنے موڑے ہوئے۔ ایک ایک موبائیل پر چار چار جھکے ہوئے یا ہنسی ٹھٹھول میں مشغول سگریٹ پر سگریٹ پھونکتے ہوئے۔۔ گزرتی ہوئی کسی بھی لڑکی کو چور اور ترچھی نظروں سے دیکھ کر رکیک اشارے اور چھچھورے کمنٹ کر کے کتنے خوش ہو جاتے ہیں، جیسے بہت بہادری کا کام کر لیا ہو۔ اسی رواں دواں سیلاب میں بچوں سے پریشان عورتیں،۔۔بچے جو دکان میں سجی ہر اشیا کو کتنے تجسس اور اشتیاق سے دیکھتے ہیں۔ مگر ماں باپ کے قدموں کی رفتار کو تھامنے میں بے بس ہیں۔

سفید کرتے پاجامے میں تیز قدموں سے مسجد کی طرف جاتے لوگ۔ مغرب کی نماز کا وقت ہے، اسے بھی جانا چاہئے مگر اس کے دل میں عقیدت کے جذبات کو اس کی

سوچوں نے پراگندہ کر دیا ہے وہ سوچتا ہے جنت کے خواہاں۔۔۔ دنیا کو جہنم بنانے سے کیوں نہیں روک پاتے۔ جنت پانے کی خود غرضانہ خواہش نے ہم انسانوں کے صالح اعمال کو بھی کیسا مشکوک کر دیا ہے، کیونکہ اپنے اپنے انداز میں سب کو جنت تو نظر آتی ہے پر انسان نظر نہیں آتے۔ اور وہ کمنڈل اٹھائے باباجی سب کو عقیدت بیچ رہے ہیں، وہ لوگوں کی ہتھیلی پر کوئی پرساد دیتے ہیں بدلے میں لوگ چند سکے بابا کو پکڑا دیتے ہے—سارا عمل کتنا میکانکی ہے۔۔ اگر غور کیا جائے تو بس اپنی زندگی چلانے کے لئے الگ الگ ڈھونگ۔۔۔ ہونھ۔۔

اس نے بیزاری سے سوچا۔۔۔ ملا، پنڈت، مرد، عورت، بوڑھے، جوان سب صرف ایک کام کر رہے ہیں۔۔۔، یا زندگی ان سے کروا رہی ہے۔ پیٹ کے دوزخ کو بھرنے کی سعی۔۔۔ یہ جہنم جیتے جی انسان ساتھ لئے چلتا ہے اور وہ اسے جتنا بھرتا جاتا ہے تشنگی کی آگ اتنی ہی بھڑکتی جاتی ہے اور وہ پہلے سے بھی زیادہ مصروف ہو جاتا ہے۔ نہ جانے کتنے جرائم، کتنی بے ایمانیاں، کتنی عیاریاں لکھتا ہے وقت کے صفحات پر جو وقت کی مجموعی سوچ میں بدل کر تاریخ بن جاتی ہے۔۔ شام کا سلیٹی رنگ رات کی سیاہی کے پردے میں روپوش ہو گیا۔ بازار کی رونق اب بھی بنی ہوئی ہے۔۔۔

اس نے اپنے قلم اور ڈائری کو وہیں کرسی پر رکھ دیا۔ آج بھی کوئی سچ ان اوراق پر درج نہ ہو سکا۔۔ وہاں سے اٹھتے ہوئے اپنے کپڑوں سے فلسفے کی گرد جھاڑی، آج بھی وہ کچھ نہیں لکھ سکا تھا، مگر اب اس کی بھی بھوک اور پیاس چمک اٹھی تھی،۔ اور وہ پانچویں منزل سے کھانا کھانے کے لئے نیچے اترتے ہوئے سوچ رہا تھا کہ ان فلسفوں سے کس کا پیٹ بھرا ہے۔۔۔ اسے یاد آیا جیب خالی ہو جائے گی،۔۔ ابھی جب کھانا کھا کر آئے گا اور ایک بکواس کتاب پر بہت عمدہ تبصرہ لکھے گا اپنی بھوک مٹانے کے لئے کسی کی شہرت کی

بھوک مٹانے کی سعی کرنے میں برائی بھی کیا ہے۔ اپنے فلسفے اپنی سچائی وہ خود تک محدود رکھے گا،۔۔ اس نے سکون کا سانس لیا اور اوپر چھت کی کرسی پر پڑی ہوئی ڈائیری کے سادہ اوراق ہوا سے پھڑ پھڑا رہے تھے۔ اور وہ اپنی چمکتی ہوئی بھوک کے پیچھے تیزی سے نیچے ہی نیچے اترتا جارہا تھا۔۔۔

(۶) منزل بے منزلی

فیروز عابد

میں نے گھبرا کر اپنی ماں کی طرف دیکھا

"نہیں بیٹا سب ٹھیک ہے ذرا سا پھسل گئی تھی۔۔۔۔۔۔"

"ماں تمہیں چوٹ تو نہیں لگی۔۔۔۔۔" میرے دل کا سارا درد میری آنکھوں میں اتر آیا۔

"بوڑھی عمر میں ایسا ہوتا ہے بیٹے، تیری آنکھیں کیوں بھر آئیں، پگلا کہیں کا"

"پاپا ذرا سنبھل کر چلیئے، اس طرح آپ کرتے رہے اور آپ کو کچھ ہو گیا تو کیا میں اپنی نوکری چھوڑ کر آپ کے پیچھے لگا رہوں گا۔۔۔"

میرے بیٹے کی آنکھوں میں چنگاریاں بھر آئی تھیں۔

میں نے پھر پلٹ کر دیکھا ارشد علی اپنی ماں سے لپٹا زار و قطار رو رہا ہے۔

"اماں آپ یہاں کیوں آ گئیں۔ آپ کی پوتیاں آپ کو بے حد یاد کرتی ہیں اور روتی ہیں۔ گھر میں کس چیز کی کمی ہے۔ آپ نے بچپن میں ہمیشہ یہ کہا تھا، ماں کے پاؤں کے نیچے جنت ہے، پھر آپ نے اپنے قدموں کو مجھ سے کیوں دور کر لیا ہے، آپ کی بہو تو آپ سے بے حد پیار کرتی ہے، پھر ایسا کیوں کیا اماں آپ نے، گھر چلیئے کہ آپ کے بغیر میری زندگی ادھوری ہے۔۔۔"

میرے ہونٹوں پر مسکراہٹ آنا چاہتی ہے مگر دور میرے گھر کے پچھواڑے میرا

بیٹا کھڑا ہے جو مجھے اس لئے ڈانٹ رہا ہے کہ میں ڈالیا کے پودے لگا رہا ہوں "ہاتھوں میں رعشہ پڑ گیا ہے اور آپ کو پودے لگانے کو سوجھی ہے، ہاتھوں کو زخمی کر کے ہمیں مصیبت میں ڈالئے گا آپ گھر میں چپکے بیٹھ نہیں سکتے۔۔۔"

لیڈی براؤن ماؤتھ آرگن بجا رہی ہے۔ آواز بڑی ہلکی ہے۔ اب انہیں زوروں کی کھانسی نے آگھیرا ہے۔ میں انہیں سنبھالنے کے لیے اٹھنا چاہتا ہوں مگر اس سے پہلے ارشد علی نے انہیں آرام کرسی پر لٹا دیا ہے۔

لیڈی براؤن کی آنکھوں میں انتظار ہے، اپنے بیٹے کا انتظار جو اسے اس ہوم میں یہ وعدہ کر کے رکھ گیا ہے وہ بہت Busy ہے اور ماں کی دیکھ ریکھ ٹھیک سے نہیں کر سکتا وہ اس سے روز ملتا رہے گا۔ آج ایک ماہ ہونے کو آئے لیڈی براؤن کا بیٹا اس سے ملنے نہیں آیا۔

ارشد علی نے اپنی ماں کو اس ہوم میں نہیں رکھا لیکن وہ ہر شام اس سے ملنے یہ امید لے کر آتا ہے کہ اس کی ماں اس کے سوئیٹ ہوم میں جائے گی جس کی مٹھاس اس کے یہاں آجانے سے گم ہو گئی ہے۔

"پاپا کو بوڑھوں کے ہوم میں کیوں نہیں بھجوا دیتے۔ ان کی تیمار داری پر کتنا خرچ کرو گے۔۔۔۔ ہمیں اپنے بچوں کے بارے میں سوچنا ہے کہ نہیں۔۔۔۔۔"

میری بیوی کی آواز میں صدیوں کا فاصلہ تھا۔

"میرا بیٹا کب آئے گا۔۔۔۔ وہ بہت Busy رہتا ہے۔ اس سے کہنا مجھ سے کبھی کبھی مل لے۔۔۔ "لیڈی براؤن ارشد علی سے کہہ رہی ہیں۔ اب وہ نورمل ہو گئی ہیں۔ لیکن ارشد علی کے چہرے پر دکھ اور حیرت دونوں کے سایے ہیں۔ میں نے ارشد علی کو متوجہ کرنے کے لئے کھانسنا شروع کر دیا ہے۔

آپ رات بھر کھانستے رہتے ہیں اور سبھوں کی نیند خراب کرتے ہیں۔ آپ کو جو دوا دی جاتی ہے وہ آپ کھاتے ہیں یا پھینک دیتے ہیں اپنا نہیں تو ہمارے آرام کا خیال کیجیے۔۔۔۔۔"میرا بیٹا اب آرام کا مفہوم سمجھنے لگا ہے۔

(۷) تلاش

سبین علی

وہ ایک شاعر اور مصور تھا جو بھٹکتا ہوا اُس بستی میں آن پہنچا تھا جہاں اس کے اطراف میں موجود کل کائنات مٹی دھول اور اندھیروں سے اٹی تھی۔ اس کے ارد گرد نہ تو حسین چہرے تھے اور نہ ہی رنگا رنگ فطری مناظر جنہیں وہ کینوس پر اتار لیتا۔ اس نے اپنی تصویروں میں گرد آلود پاؤں، سوکھے پھول خاردار جھاڑیاں، خالی ڈبے، ٹوٹے ہوئے بنچ اور گہری رات کا سکوت پینٹ کر دیا۔ اپنے شعروں میں کھوٹے سکوں، جانوروں، کالے بد شکل اور محروم انسانوں کے قصیدے لکھ ڈالے۔ اس نے ایک پرانے کھمبے کی مدھم ہوتی روشنی میں بیٹھ کر تصویریں بنائیں تھیں، وہ کھمبا اس کا ہم راز تھا۔ مناسب دیکھ بھال اور گھاس پھوس سے محروم باغ کے جس بنچ پر وہ بیٹھا کرتا تھا وہ بھی اس کا رفیق بن چکا تھا۔

اس کی زندگی میں اس کی پینٹینگز کبھی نہ بک سکیں نہ ہی کوئی اس کے اشعار کا مداح پیدا ہوا۔ وہ کاغذوں میں پڑا رہا اور وقت کی دیمک ایک دن اُسے نگل گئی۔

کچھ عرصہ کے بعد بستی کے لوگوں نے اُس پرانے کھمبے کو جو زنگ آلود ہونے لگا تھا اکھاڑ کر فونڈری میں گلا دیا گیا۔ جس کی دھات سے تار بنائے گئے اور ان تاروں کو پھر مختلف سازوں میں جوڑ دیا گیا۔ بعد مدت کے ہر تار سے اُس شاعر کے نغموں کی اداس دھنیں گونجیں اور سماعتوں کو نئے ذوق سے ہم کنار کر گئیں۔ باغ میں پڑے لکڑی کے پرانے بینچ پر پرندوں کی ٹولیاں آ کر بیٹھنے لگیں۔

اور اس کی تصویروں کو نئی معنویت عطا کرنے لگیں۔ لوگ یہ سب منظر دیکھتے حیران ہوتے رہے۔ رفتہ رفتہ اس کی تمام پینٹیگز کھوجی گئیں اور عجائب گھروں کی زینت بنیں۔ خستہ کاغذوں پر لکھے اس کے اشعار زبان زد خاص و عام ہوئے۔ کینوس کے قطعات پر بنے مناظر ایک دوسرے کو کئی سوالیہ نشان لیے تکتے اور کاغذوں میں لکھے الفاظ آپس میں چہ میگوئیاں کرنے لگے کہ آخر لوگوں کو اس فنکار کے مرنے کے بعد ان کاغذ کے ٹکروں اور کینوس کے قطعات میں کس شے کی تلاش ہے؟

شاید آرٹسٹ کی موت کی۔

(۸) ٹی شرٹ

ڈاکٹر صادقہ نواب سحر

سالانہ جلسہ اس سال "شری رنگ بھون" میں رکھا گیا تھا کیونکہ کالج کا آڈیٹوریم چار ہزار طلبا کے لئے ناکافی تھا۔ شام چار بجے تقریباً آدھا درجن سجی سجائی، ساڑیوں میں ملبوس لڑکیاں پوجا کی تھالی میں ننھا سا دیا لئے کھڑی تھیں۔ انہیں مہمانانِ خصوصی کے آتے ہی ان کی آرتی اتار کر، تھالی میں رکھی ہلدی اور کم کم لگانا تھا۔ آئے ہوئے مہمان کچھ روپے تھالی میں رکھ دیتے۔ فوٹو گرافر کو کھٹا کھٹ تصویریں نکالنی تھیں۔ وہیں نادرہ نے لڑکیوں کے پیچھے اس عجیب لکھاوٹ والی ٹی شرٹ کو دیکھا۔

"تمہیں پتہ ہے یہاں کیا لکھا ہے؟"

"ہاں" ٹی شرٹ میں سے وہ بے شرمی سے بولا۔

"کیا لکھا ہے بتاؤ تو!"

"آج کل تو ٹی وی پر ایڈورٹائز کرتے ہیں" وہ جواب بچا گیا، بوکھلا کر بولا "یہ تو اچھی بات ہے نا؟۔۔۔۔۔ایک طرح سے میں سرکار کی مدد ہی کر رہا ہوں۔"

"ٹی وی کی بات اور ہے۔"

"آپ کو یہاں موجود لڑکیاں دکھائی نہیں دیتیں؟" وہ ذرا سا چڑ گیا تھا، "کیسے کیسے کپڑے پہنتی ہیں! بتاؤں؟"

ہاں بتاؤ تو! مجھے تو کوئی قابل اعتراض حالت میں نظر نہیں آتی۔"

"بتاؤں !۔۔۔۔۔ ابھی بلا کر بتا سکتا ہوں۔" وہ جوش میں آ گیا۔

"بالکل بتاؤ"۔ نادرہ نے ہال میں چاروں طرف نظر دوڑائی۔

"جانے دیجئے بیکار میں برا مان جائیں گی۔ دوست ہیں۔" وہ اپنے جوش کو قابو میں کرتے ہوئے بولا "مگر ہاں ! ایسی ٹی شرٹ صرف میں ہی نہیں پہنے ہوں۔ اور بھی ہیں۔۔۔۔۔ ہمارے پورے گروپ نے پہن رکھی ہے۔

۔۔۔۔۔ ان سے تو آپ کچھ کہتی نہیں۔"

"مجھے تو کوئی نظر نہیں آ رہا۔"

"ویسے میں اِس کالج کا نہیں ہوں۔ ممبئی یونیورسٹی میں مینیجمنٹ کا اسٹوڈنٹ ہوں۔

"

"ابھی ہمارا علاقہ پولوٹ نہیں ہوا ہے۔"

"کیا بات کرتی ہیں ؟ کتنے لڑکے لڑکیاں، کیا کیا کرتے ہیں، آپ کو پتہ نہیں کیا؟"

"جو چھپ کر کرتے ہیں، ان پر ہمارا بس نہیں۔ ان کو کیسے روکیں ؟۔۔۔۔۔ پھر تم تو کھلے عام کر رہے ہو۔ یعنی برائی کو عام کر رہے ہو۔۔ آج کل تو۔۔۔۔ "نادرہ زیادہ بحث کرنا نہیں چاہتی تھی، بات ادھوری چھوڑ کر وہاں سے ہٹ گئی اور اسٹاف کے لئے رکھی کرسی پر بیٹھ گئی۔ بی اے کے دوسرے سال کی لڑکیاں لاونی اچھی کر رہی تھیں۔ خوبصورت مہاراشٹری نوواری کاشٹا ساڑی میں وہ غضب ڈھا رہی تھیں۔

"ڈھولکی چا تالاوَر، گھنگھر انچا بولاوَر

می ناچتے، می ڈولتے،

عشقاچہ دربارات"

نادرہ نے محسوس کیا کہ سچ مچ ڈھولکی کی تال پر گھنگھروؤں کے بول عشق کے دربار

میں گونج اٹھے ہوں۔

رقص ختم ہوتے ہی ہال تالیوں سے گونج اٹھا کہ اِتنے میں وائبریٹر پر رکھا ہوا فون تھر تھرانے لگا۔ شور و غل سے نکل کر فون اٹھانے کے لئے نادرہ نیچے آئی تو دیکھا وہ سیڑھیوں کے پاس کھڑا تھا۔

"تمہارا نام کیا ہے ؟" اسے اپنی طرف دیکھتے ہوئے دیکھ کر نادرہ کا جی پھر سلگ اٹھا

"جوزف ڈی میلو"

"تمہاری ماں نے دیکھی ہے یہ شرٹ ؟"

"ہاں۔"

"کچھ بولی نہیں ؟"

"کیوں بولیں گی"۔

"پڑھنا آتا ہے انہیں ؟"

"کیا میڈم ! آپ تو الزام لگائے جارہی ہیں۔"

اس نے شکایتی لہجے میں کہا۔

"اس میں الزام کی کیا بات ہے ؟ بہت سے ماں باپ پڑھے لکھے نہیں ہوتے۔"، نادرہ پلٹی اور موبائیل فون لگانے لگی۔ تو پیچھے سے اس نے آواز دی۔

"آپ کے بیٹے کا نام روشن ہے نا؟"

واقعے کے اس موڑ کے لئے وہ تیار نہیں تھی۔ آخر روشن کیوں آگیا یہاں !، نادرہ نے سوچا۔

"ہاں۔"

"وہ میرا دوست ہے۔" وہ یک لخت نرم پڑگئی۔

"چھٹیوں میں روشن میرے بھائی کی کلاس میں گٹار سیکھنے جاتا تھا۔"

نادرہ نے سوچا، 'اس سے پہلے کہ جوزف یا اس کا میوزک ٹیچر بھائی توڑ مروڑ کر اپنے انداز میں یہ واقعہ روشن کو بتائے،۔۔ میں ہی اسے بتا دوں۔ کوئی غلط فہمی ہمارے رشتے میں نہ پیدا ہو جائے۔'

"آج گید رنگ میں ایک لڑکا عجیب سی ٹی شرٹ پہنے ہوئے تھا"۔

"ہیواے سیف سیکس نا!۔۔۔ آپ نے اسے بھاشن تو نہیں دے دیا؟"، روشن نے چھوٹتے ہی پوچھا۔

"ہاں ٹوکا تو، تبھی تو اس نے اپنا نام بتایا۔۔۔ جوزف ڈی میلو!" روشن کی آنکھیں پھٹ سی گئیں۔

"آپ کو کیا ضرورت تھی، اسے ٹوکنے کی؟" ایک سکنڈ کا وقفہ لے کر اس نے ماں سے سوال کیا۔ پھر جواب بھی جیسے خود اسی نے دیا" آج کل تو ٹی وی پر اشتہار دکھاتے ہیں "!

"تم بھی وہی کہہ رہے ہو، جو وہ کہہ رہا تھا۔" نادرہ کو بیٹے سے اس جملے کی توقع نہیں تھی۔

"ٹھیک تو ہے۔۔۔"

"کیا ٹھیک تو ہے؟"

"اب میرے دوست میری ہنسی اڑائیں گے۔ آپ نے یہ ٹھیک نہیں کیا۔" وہ اپنی رو میں کہتا گیا۔

ہال سے کچن کی طرف جاتے ہوئے نادرہ نے احساس کیا۔ 'اب میرے طلبا" صرف میرے طلبا نہیں رہ گئے۔ بیٹے کی عمر کے ہو گئے ہیں۔۔۔ میں نے غلطی تو نہیں کی جوزف

کو ٹوک کر؟'، وہ خود سے سوال کرتے ہوئے ہال اور کچن کی درمیانی سرونگ ونڈو سے ہال میں کھڑے ہوئے بیٹے کا منہ تکنے لگی۔

"آپ کو کیا کرنا ہے ان کے پہناوے سے؟۔۔۔ آپ کا جاب تو صرف پڑھانا ہے۔ میں بھی یونیورسٹی میں پڑھتا ہوں۔ ہمارے پروفیسر کچھ نہیں بولتے!"

"میں تو سمجھی تھی۔ تم تو کم سے کم ایسے نہیں ٹوکو گے۔ تم تو ایسے کپڑے نہیں پہنتے نا؟"

"پہن تو سکتا ہوں، مگر پہنتا اس لئے نہیں کہ میرے گھر والوں کو پسند نہیں ہو گا۔۔۔

چھوٹا شہر ہونے کی وجہ سے آپ کے اسٹوڈنٹس کو ایکسپوژر نہیں ملتا۔ وہی حال آپ کا بھی ہے۔ آپ نہیں جانتیں۔ نئے زمانے کے اسٹوڈنٹس کیسے ہوتے ہیں۔۔۔۔۔۔ اور ہمارے پروفیسر!۔۔۔۔ بولتے تو کیا! ارے وہ تو لڑکوں کے ساتھ بیٹھ کر سگریٹ بھی پیتے ہیں، ڈرنکس بھی لیتے ہیں۔" وہ منہ پھیر کر کھڑا ہو گیا۔

نادرہ دھیرے سے ہال میں لوٹ آئی۔ بیٹے کے بہت قریب آ گئی اور اس کے کندھے پر ہاتھ رکھ کر اس کی آنکھوں میں دیکھتے ہوئے بولی، "ٹھیک ہے بیٹا۔۔۔"

(۹) جیلر

توصیف بریلوی

جیلر بہت عجیب تھا۔ ہوتا بھی کیوں نہ۔۔۔نو عمری میں ہی عہدہ جو سنبھال لیا تھا۔ اس کی جیل میں ہندو مسلم ہر مذہب و ملت کے قیدی تھے۔ جیل میں اتنے نہاں تہ خانے تھے کہ کب کون سا قیدی آیا اور کب کون گیا کسی کو خبر نہیں ہوتی تھی بلکہ کسی قیدی کو اس بات کا علم ہی نہیں ہونے پاتا تھا کہ جیل میں اس کے سوا بھی کوئی قیدی ہے یا نہیں۔ جیلر سخت محتاط تھا۔

جیسا کہ عرض کر چکا ہوں جیلر بہت عجیب تھا۔ ذرا سی غلطی ہونے پر وہ ان بھولے بھالے قیدیوں پر ظلم کرتا۔ ان کو ڈپٹتا، جھڑکتا، ان پر بگڑتا اور گرجتا۔ کبھی کسی قیدی پر اتنا برہم ہو جاتا کہ گالیوں سے نوازتا۔ تنگ آکر قیدی اس کے آگے گڑگڑانے لگتا۔ اس کے پیر پکڑتا۔ مستقبل میں فرمابردار رہنے کا وعدہ کرتا تب جا کر کہیں جیلر خاموش ہوتا۔ اس سب کے برعکس کبھی کبھی کسی قیدی کو لے کر قہوہ خانے بھی جاتا۔ کچھ خاص قیدیوں کو ریسٹورنٹ اور سنیما بھی لے جاتا اور واپس لا کر پھر جیل میں بند کر دیتا۔ قیدی کی تو سیر ہو جاتی لیکن جیلر کو نہ جانے کیا ملتا تھا۔ کچھ قیدیوں سے خصوصی طور پر ان کے سیل میں جا کر ہی ملتا اور گھنٹوں باتیں کرتا۔

ایک طرح سے جیلر اس جیل کا بادشاہ تھا اور اپنی گرجدار آواز کے ساتھ حکومت کرتا تھا۔ کسی بھی قیدی میں اس کے سامنے سر اٹھانے کی سکت نہیں تھی۔ جیل میں نہ

جانے کیا جادو تھا جو بھی وہاں ایک بار آیا تو باہر نکلنے کے بارے میں سوچتا ہی نہیں بلکہ جیلر کے مظالم سہتے ہوئے بھی خوشی سے رہتا۔ کچھ قیدی ایسے تھے جو خاموش پڑے رہتے تھے اور سالہا سال ان سے جیلر کی ملاقات یا بات نہیں ہوتی تھی لیکن وہ بھی جیل سے نکلنے کے بارے میں نہیں سوچتے تھے۔ اب ایسے ماحول میں بغاوت کے آثار ٹھیک ویسے ہی تھے جیسے گولر کا پھول ہوتا ہے۔ جیلر کا بے فکرا ہونا لازمی تھا۔

ایک دن ایک قیدی نے دلیری کا مظاہرہ کیا اور جیلر کو نصیحت کرتے ہوئے اس کے سامنے ہی فرار ہو گیا۔ ایسا ہوتے ہی جیل میں زبردست آگ لگ گئی اور جیلر تڑپ اٹھا۔ جیل کی روایت ٹوٹی تھی۔۔۔ کوئی قیدی اس سے پہلے بھاگا نہیں تھا، وہ بھی جیلر کو نصیحت کر کے۔۔۔ ایسا تو کبھی ہوا ہی نہیں تھا۔ جیلر کئی روز تک اداس رہا لیکن اس مفرور قیدی کو ڈھونڈنے کی کوشش نہیں کی۔ جیل میں لگی آگ سے دیگر قیدی بھی متاثر ہوئے۔ کبھی کبھار جیلر اگر کسی قیدی کے سیل کی طرف سے گزرتا تو قیدی اس سے جیل کی بڑھی ہوئی حرارت کے بارے میں دریافت کرتا لیکن جیلر خاموش وہاں سے گزر جاتا اور اگر کسی سے کوئی بات کرتا بھی تو بڑی بے رخی سے۔

دھیرے دھیرے سب معمول پر آنے لگا لیکن جیلر پچھلے سانحے سے ابھی تک ابر نہیں پایا تھا۔ اس نے قیدیوں کے ساتھ باہر جانا بہت کم کر دیا تھا جن قیدیوں سے روز ملتا تھا ان سے ہفتے میں اور جن سے ہفتے میں ملتا تھا ان سے مہینے میں ملنے لگا۔۔۔ اور جن قیدیوں سے برسوں میں ملاقات ہوتی تھی ان کو تو فی الوقت بھلا ہی دیا تھا۔ جیلر کا دل اب جیل میں نہیں لگ رہا تھا بلکہ وہ خود فرار چاہتا تھا۔ اپنے اسی ارادے کی تکمیل میں اس نے سارے قیدیوں کو آزاد کر دیا اور خود جنگل کا رخ کیا۔ جنگل میں ایک سفید ریش بزرگ سے ملاقات ہوئی انھوں نے ہاتھ کے اشارے سے بتاتے ہوئے کہا۔۔۔ پہاڑوں کے اس

طرف ایک گھنا جنگل پار کرنے کے بعد دور ایک شہر آئے گا اور اس شہر کے بعد ایک "کتابوں کا جنگل"، تم وہیں جاؤ تمہاری منزل وہیں ملے گی اور سکون بھی۔ بزرگ اتنا کہہ کر غائب ہو گئے اور جیلر نے بھی اپنا راستہ لیا۔ کئی دنوں کی مشقت کے بعد جب جیلر کتابوں کے جنگل میں پہنچا وہاں کا نظارہ ہی دوسرا تھا۔ اس کی آنکھیں خیرہ ہوئی جاتی تھیں۔ یہاں آنے کے بعد اس نے کچھ ہی دنوں میں محسوس کیا کہ وہ کسی قید خانے میں آگیا ہے لیکن اس بار وہ جیلر نہیں قیدی ہے۔

(۱۰) گوشت والی مخلوق

شیر شاہ سید

کم و بیش ایک لاکھ سے زائد مرد و زن بچے جوان غائب ہوئے تھے اس دن!

بلڈنگ نمبر 5 میں آخری چودھویں منزل تھی، جس میں میں نے اپارٹمنٹ لیا تھا۔ سامنے ایک بڑا سا جنگل تھا جہاں سے سرسراتی ٹھنڈی تازہ ہوائیں ہمارے اپارٹمنٹ میں داخل ہوتی تھیں۔ اکثر شام کو بالکونی میں بیٹھ کر جنگل میں سورج کو ڈوبتا ہوا دیکھتا اور قدرت کے نظاروں سے محظوظ ہوتا۔ جنگل میں طرح طرح پرندوں کے آشیانے تھے، جن کی مختلف قسم کی آوازیں رات اور دن کے مختلف پہروں میں آتی رہتی تھیں۔ مختلف قسم کے جانوروں کی آوازیں دن میں تو ہمیں بھی سنائی دیتی تھیں مگر رات میں ان کی آوازوں کو سن کر ایسا محسوس ہوتا کہ جیسے جنگل میں ہی گھوم رہا ہوں۔ جنگل میں ہی آگے کافی آگے ایک چھوٹی سی ندی بہتی تھی جہاں جانور پانی پینے آتے تھے۔ اسی طرح سے مختلف سمتوں سے مختلف قسم کے پرندوں کی ڈار کی ڈار اپنے مخصوص اوقات پر پانی سے مستفیض ہوتے تھے۔ بنانے والوں نے خوبصورتی سے فلیٹوں پر مشتمل چند عمارتیں فاصلوں پر بنا کر جنگل کا ماحول عمارتوں میں بسا لیا تھا جس کی وجہ سے یہ فلیٹ کافی مہنگے تھے۔ جنگل کی قربانی تو ہونی تھی مگر ابھی بھی جنگل کا بہت بڑا حصہ ندی کے ساتھ جڑ کر چرند پرند کے لیے گوشہ عافیت بنا ہوا تھا۔ مجھے جنگل کے قریب والی آخری عمارت کے آخری فلیٹ میں رہنے کا مزا آ رہا تھا۔

پھر ایک عجیب بات ہوئی شہر کی انتظامیہ نے شہریوں کی بڑھتی ہوئی ضروریات کو مد نظر رکھتے ہوئے فیصلہ کیا کہ جنگل کے ایک حصے کو جنگل سے علیحدہ کر کے وہاں پر ایک بہت بڑا کھیل کا میدان بنایا جائے کیوں کہ شہر میں موجود میدان بڑھتی ہوئی ضرورتوں کے لیے ناکافی تھے، اب ایسے میدان کی ضرورت تھی جہاں لاکھ سے بھی زائد تماشائی سما سکیں اور کھیلوں کے مختلف مقابلوں سے لطف اندوز ہوں۔ بڑھتے ہوئے شہر کی بڑھتی ہوئی ضرورت کے مطابق یہ کاروائی ناگزیر تھی۔

چند سر پھرے نوجوانوں کے ساتھ مل کر میں نے کوشش کی کہ یہ میدان نہ بن پائے مگر شہری انتظامیہ کی کونسل نے ہمارے اعتراضات کو اکثریتی ووٹوں کی بنیاد پر مسترد کر دیا تھا۔ ہم لوگوں نے فوری طور پر عدالت سے رجوع کیا اور ہمارے عوام دوست، جنگل دوست، جانور دوست اور ندی دوست وکیل نے عدالت کے جج کو قائل کر دیا کہ اس قسم کی تعمیر جنگل، جانور اور انسانوں کے مفاد میں نہیں ہے۔

ابھی ہم ہائی کورٹ کے جج کے فیصلے پر خوشی منا ہی رہے تھے کہ شہری انتظامیہ نے ایک بہت بڑے وکیل کی سربراہی میں اعلیٰ عدالت میں اس فیصلے کے خلاف مقدمہ دائر کر دیا۔ ہمیں پتہ چلا کہ انتظامیہ کے نمائندے تین وکیلوں کی کروڑوں پر مشتمل فیسیں ان ٹھیکیداروں اور تجارتی لوگوں نے دی تھی جو وہاں اربوں روپے کا اسٹیڈیم، اس سے منسلک ہوٹل، کلب، گولف کورس اور دیگر سہولتیں بنا رہے تھے۔ اسٹیڈیم کے ساتھ ہی کھانے پینے کا ایک بہت بڑا مرکز بنایا جا رہا تھا جہاں دیسی کھانوں کی دکانوں کے ساتھ مشہور غیر ملکی کھانوں کے مرکز بھی بننے والے تھے۔

مقدمہ شروع ہونے سے پہلے ہی شہر کے اخباروں کے مشہور کالم نگاروں نے اپنے کالم میں ہم شہریوں کے گروپ کو عوام دشمن قرار دے دیا جو ترقی کے خلاف ہیں۔ ایک

کارٹون میں تو یہ بھی دکھایا گیا تھا کہ جانوروں کی حمایت کرنے والے انسان ایک عجیب قسم کے جانور ہیں جو انسانوں کے مقابلے پر جانوروں کی حمایت کر رہے ہیں۔

مقدمہ شروع ہوا جس کے دوران کچھ اخباروں میں اداریے لکھوائے گئے، جن میں نوجوانوں کے لیے کھیل کی سہولتوں کی کمی پر افسوس کا اظہار کرتے ہوئے حکومت کو مشورہ دیا گیا تھا کہ خصوصی قانون بنا کر جلد از جلد کھیل کے بڑے میدان، تماشائیوں کی تعداد کو مد نظر رکھتے ہوئے بنوائے جائیں۔

ہمارے وکیل نے اپنی قانونی صلاحیتوں کو استعمال کرتے ہوئے بہت اچھا مقدمہ بنایا اور دنیا بھر کی مثالیں دیں جہاں حیوانات و نباتات کو کس طرح سے بچانے کی کوشش کی جا رہی ہے۔ ان شہروں نے شہریوں کو سہولتیں بھی پہنچائی ہیں اور ساتھ ہی ساتھ جنگلوں کو تحفظ دیا ہے، درخت کاٹے نہیں ہیں بلکہ درخت اگائے ہیں۔ پرندوں، جانوروں، تتلیوں کو بچایا ہے۔ نالہ، ندی، دریا، سمندر کو آلودگی سے پاک کیا ہے، انہیں تباہ نہیں کیا ہے۔

اس دفعہ حکومت کے اہلکار، ٹھیکیدار اور کاروباری لوگوں نے نہ صرف یہ کہ مہنگے وکیل کیے تھے بلکہ کچھ ایسا انتظام کیا کہ مقدمہ ایک ایسے جج کی عدالت میں لگا جن کی نا انصافی کے چرچے دور دور تک پھیلے ہوئے تھے۔

نتیجہ یہ نکلا کہ اعلیٰ عدالت نے ہمارے خلاف فیصلہ دے دیا۔ فیصلے کے بعد بہت تیزی سے تعمیراتی کام شروع کر دیا گیا، جنگل کا ایک بڑا حصہ کاٹ کر اسٹیڈیم سے ملحقہ ہوٹل، دکان اور مختلف قسم کے ریسٹورانٹ بنا دیے گئے۔ اسٹیڈیم کے چاروں طرف چھوٹی بڑی کئی سڑکوں کے جال بچھا دیے گئے تھے تا کہ تفریح اور کھانے پینے کے لیے آنے جانے میں آسانی رہے۔

میں اپنی چودھویں منزل کی بالکونی سے اسٹیڈیم کے اندر ہونے والی تمام سرگرمیوں کو دیکھ سکتا تھا۔ تماشائیوں کی چیخ پکار سن سکتا تھا اور میچ کے ختم ہونے کے بعد ٹریفک کے اژدحام کو دیکھ بھی سکتا تھا اور سن بھی سکتا تھا۔ ایک پرسکون زندگی بکھر کے رہ گئی تھی۔

اس دن بھی سیریز کا آخری میچ ہونے والا تھا۔ میں میچ اور میچ دیکھنے والے لاکھ ڈیڑھ لاکھ تماشائیوں کے بارے میں سوچتا ہوا اپنے اپارٹمنٹ میں داخل ہوا اور صوفے پر ڈھیر ہو کر ٹیلی ویژن کے مختلف چینلوں کو آگے پیچھے کرنے لگا۔

ایک عجیب بات ہوئی، ایک چینل کے پروگرام پر میری نظر جم کے رہ گئی۔ انسانی شکل وصورت، حجم و جسم سے تھوڑی سی مختلف مخلوق کا پروگرام ہو رہا تھا۔ عجیب بات یہ تھی کہ وہ جس زبان میں بول رہے تھے وہ زبان میری سمجھ سے بالاتر تھی مگر اس سے زیادہ حیرت ناک بات یہ تھی کہ زبان نہ سمجھنے کے باوجود میں ان کی ساری بات سمجھ رہا تھا۔ مجھے بہت جلد پتہ چل گیا تھا کہ میرے ٹیلی ویژن نے وسیع و عریض کائنات میں دور بہت دور موجود کسی اور سیارے پر ہونے والے ٹیلی ویژن پروگرام کو پکڑ لیا تھا۔ میری دلچسپی اس وقت اور بھی زیادہ بڑھ گئی جب مجھے اندازہ ہوا کہ پروگرام میں بار بار ہماری زمین کے حوالے سے گفتگو ہو رہی تھی۔

وہ عجیب طرح کے لوگ اپنے سیارے پر گوشت کی کمی سے متعلق گفتگو کر رہے تھے۔ پورے سیارے پر ایک ہی حکومت تھی جس نے کچھ عرصہ پہلے سیارے پر گوشت کی کمی کو دور کرنے کے لیے ایک خصوصی کمیٹی بنائی تھی جس کو اختیارات دیے گئے تھے کہ وہ اس مسئلے کو حل کریں۔ پروگرام میں بتایا جا رہا تھا کہ ماہرین نے زمین پر گوشت والی مخلوق، جسے آدمی کہا جاتا ہے کا ایک بڑا ذخیرہ دریافت کیا ہے۔ ابتدائی مرحلے پر زمین سے سو سے زائد رنگ و نسل اور مختلف عمروں کے آدمیوں کو اغوا کر کے خلائی جہاز کے ذریعے

لایا گیا۔ ان کی لیبارٹری میں مختلف طریقوں سے پتہ چلا لیا گیا تھا کہ آدمیوں کے گوشت، ہڈی اور مختلف اعضا میں وہ تمام چیزیں موجود ہیں جو اس سیارے پر رہنے والی مخلوق کو درکار تھیں۔ رپورٹ میں جو کچھ بھی بتایا جا رہا تھا اسے سنتے اور سمجھتے ہوئے میرے رونگٹے کھڑے ہو گئے تھے۔ رپورٹ کے مطابق زمین سے لائے جانے والے آدمیوں کے گوشت کو ان کی عمر اور رنگوں کی بنیاد پر تقسیم کیا گیا تھا۔ دیکھا گیا تھا کہ سیاہ فام آدمیوں کے گوشت میں پروٹین زیادہ اور چربی کم تھی جب کہ سفید فام لوگوں میں چربی کی مقدار زیادہ تھی۔ زرد لوگوں کا گوشت اور ساتھ میں ان کی کھال سے بنایا ہوا کھانا بہت لذیذ تھا۔ بھورے لوگوں کا گوشت بھی مزیدار تھا مگر ان میں پروٹین کی مقدار کم تھی۔ رپورٹ میں بتایا گیا تھا کہ شراب پینے والے آدمیوں کا گوشت غیر شرابی گوشت سے زیادہ لذیذ تھا۔ اسی طرح سے زمین پر بسنے والے وہ آدمی جو سبزیاں کھاتے ہیں کا گوشت دوسرے قسم کے آدمیوں کے گوشت کے مقابلے میں بہت ہی عمدہ تھا۔

یہ سن کر تو میرے ہوش و حواس اُڑ گئے کہ کم عمر آدمی جنہیں زمین پر بچے کہا جاتا تھا کا گوشت اس سیارے کے بچوں کے لیے بہت مفید پایا گیا تھا اور کمیٹی نے سفارش کی تھی کہ مستقبل میں زمین سے لائے جانے والے بچے آدمیوں کا گوشت صرف وہاں کے بچوں کو دیا جائے۔ میرا پورا جسم پسینے سے شرابور ہو گیا، مجھے خود اپنے دل کی دھڑکن کی آواز سنائی دے رہی تھی۔

ٹیلی ویژن پر ہونے والی گفتگو میں اس بات پر اطمینان کا اظہار کیا گیا کہ زمین پر آدمیوں کی بہت بڑی وافر تعداد موجود ہے جن سے گوشت حاصل کر کے سیارے کی ضرورت مستقل بنیادوں پر پوری کی جا سکتی ہے۔ گفتگو کے دوران اس بات کا بھی انکشاف کیا گیا کہ زمین سے ہی دوسرے قسم کے جانوروں کو بھی لایا گیا جن میں گوشت کی کافی

مقدار پائی گئی تھی۔ لیکن مشکل یہ تھی کہ ان جانوروں کی تعداد بہت زیادہ نہیں تھی۔ ایک زمانے میں ان کی تعداد آدمیوں سے زیادہ تھی مگر آہستہ آہستہ آدمیوں نے انہیں کھالیا تھا یا ایسے خیالات پیدا کئے تھے کہ یہ لوگ مر گئے تھے، دوسرا مسئلہ یہ بھی تھا کہ جانور کثیر تعداد میں ایک جگہ پر جمع بھی نہیں ہوتے تھے گو کہ ان کا گوشت غذائیت کے لحاظ سے آدمیوں کے گوشت سے کہیں بہتر تھا مگر سیارے کی مستقل ضرورت کو پورا کرنے کے لیے ان کی تعداد بہت محدود تھی۔

ٹیلی ویژن پر دکھائی جانے والی رپورٹ کے مطابق یہ انکشاف ہوا کہ لاکھوں میں آدمی لاکھوں کی تعداد میں مختلف جگہوں پر اکھٹا ہوتے ہیں جہاں سے انہیں سیارے پر لانا آسان تھا جب کہ جانور کہیں بھی لاکھوں کی تعداد میں جمع ہوتے ہوئے نہیں دیکھے گئے۔ آدمی کھیل، سیاسی جلسوں جلوس، مذہبی حوالوں سے روز ہی زمین کے مختلف حصوں میں جمع ہوتے ہیں جہاں سے انہیں حاصل کر کے سیارے پر لانا آسان تھا۔ پروگرام میں موجود وہاں کے ایک سائنسدان نے ایک ماڈل خلائی جہاز دکھایا جو تیار ہو گیا تھا جس میں ایک وقت میں کئی لاکھ آدمیوں کو اغوا کر کے لایا جاسکتا تھا۔

میں نے ٹیلی ویژن کی اسکرین پر بیس تیس منزلوں سے زیادہ اونچائی کا ایک عجیب و غریب خلائی جہاز دیکھا۔ اس میں دکھایا گیا تھا کہ وہ زمین پر کسی بڑے اسٹیڈیم میں ہونے والے میچ کے دوران جہاں لاکھوں تماشائی موجود تھے اتر گیا، اسٹیڈیم کے بیچوں بیچ وہ عمودی طور پر اترا اور اترنے کے ساتھ ہی ساری منزلوں کے بڑے بڑے دروازے کھل گئے۔ دروازوں کے کھلتے ہی ایک زبردست قسم کا منفی دباؤ پیدا کیا گیا اور اسٹیڈیم میں موجود لاکھوں انسان جیسے تیرتے ہوئے خلائی جہاز میں داخل ہو گئے۔ یہ خلائی جہاز مذہبی اور سیاسی جلسوں میں بھی استعمال کیا جاسکتا تھا۔

میں یہ دیکھ کر حیران ہو گیا کہ لاکھوں آدمی اس بہت بڑے خلائی جہاز کی ہر منزل پر داخل ہونے کے بعد بہت تیزی کے ساتھ قطاروں میں کھڑے کر دیے گئے۔ بتایا گیا کہ آدمیوں کو منفی درجہ حرارت پر فوری طور پر منجمد کر دیا جائے گا جس کی وجہ سے انہیں قطاروں میں کھڑا کرنا بہت آسان ہو گیا تھا۔ رپورٹ میں یہ بھی بتایا جا رہا تھا کہ کسی بھی جگہ جہاں لاکھوں سے زیادہ آدمی موجود ہوں اس آپریشن کو مکمل کرنے میں بارہ سے پندرہ منٹ کا عرصہ درکار ہو گا جس کے فوراً بعد سارے دروازے بند ہو جائیں گے اور خلائی جہاز واپسی کے لیے روانہ ہو جائے گا۔ زمین سے اس سیارے کا فاصلہ زمینی حساب سے انتیس دن کا تھا۔

یہ سن کر میں حیران و پریشان ہونے کے ساتھ زبردست خوف کا شکار بھی ہوا کہ ان سیاروں سے آنے والے یہ جہاز مکمل طور پر خودکار ہوں گے جنہیں اس سیارے کے مرکزی تحقیقی ادارے سے قابو میں رکھا جائے گا۔ یہ خودکار طور پر دنیا کے مختلف علاقوں میں آدمیوں کا شکار کریں گے اور انہیں اغوا کر کے اس سیارے پر پہنچا دیے جائیں گے۔ سیارے پر موجود کچھ اداروں نے آدمیوں کے گوشت کی خرید و فروخت کے سلسلے میں اپنی دلچسپی کا اظہار کیا تھا۔ کمپنی کی رپورٹ میں تجویز دی گئی تھی کہ یہ کام چار مختلف اداروں کو سونپ دیا جائے۔

رپورٹ کے مطابق یہ فیصلہ کیا گیا کہ سیارے کی ضرورت کے مطابق آدمیوں کو اس طریقے سے مستقل طور پر لانے کا سلسلہ رائج کر دیا جائے گا اور ساتھ ساتھ زمین کے مختلف علاقوں میں آدمیوں کو افزائش نسل کا بھی موقع دیا جائے تاکہ سیارے کی ضرورت کے مطابق گوشت مستقل بنیادوں پر حاصل کیا جاتا رہے۔

پھر میری آنکھ کھل گئی تھی۔ میں صوفے پر تقریباً ادھ مرا پڑا ہوا تھا، جسم پسینے

میں شرابور اور پوری ذات خوف میں ڈوبی ہوئی تھی۔ میرا سر بھاری تھا، مجھے ایسا لگا جیسے میں اپنے اعضاء کو حرکت بھی نہیں دے سکتا ہوں۔ معمول کے خلاف ہر طرف خاموشی تھی، مجھے شدید سناٹے کا احساس ہوا جس کے ساتھ ہی میں ہڑبڑا کر کھڑا ہو گیا اور تیزی سے باہر کا دروازہ کھول کر بالکونی میں آ گیا تھا۔ اسٹیڈیم روشنی میں نہا رہا تھا دور دور تک کوئی آدمی مجھے نظر نہیں آیا، نہ آواز تھی نہ حرکت۔ میں ماحول کو سمجھنے کی کوشش ہی کر رہا تھا کہ میری نظروں نے ایک کیم شحیم کئی منزلوں جیسی عمارت کو اسٹیڈیم کے بیچ سے تیزی سے اڑ کر فضا میں گم ہوتے دیکھا تھا۔

(۱۱) تنہائی

باسط آذر

ہیلو پیاری زینا۔

میں تمہارا زیناریو۔ پریشان مت ہونا، میں وہی زیناریو جو پہلے سیمبو تھا، وہی قبائلی جو وحشی تھا، اب میں مہذب ہو گیا ہوں تو اپنا نام بدل لیا ہے۔

تم سناؤ کیسی ہو، ہمیشہ کی طرح تمہارا جواب اس بار بھی نہیں آیا۔

اوہ شاید تم پہلے سیمورا تھیں۔ اور مجھے ویسے ہی تمہارے ناموں کا علم نہیں ہوتا جیسے تمہیں میرے ناموں کا علم نہیں ہو پاتا۔ مگر یوں تو خطوط ہمیشہ بھٹکتے رہیں گے۔

چلو خیر ہے۔ بھٹکتے رہنا تو لازم ہے، پیغام پہلے بھی کب پہنچے ہیں کسی تک۔ ہر بار جواب لکھنے کے بعد وقت بدلتا ہے اور اسی لمحے کچھ ہو جاتا ہے مگر جس کے پاس پہنچتا ہے وہ سب خیریت کی اطلاع پاتا ہے۔ جبکہ لکھنے والا تو اس کے چند لمحوں بعد لکھنے یا سننے کے قابل نہیں رہتا۔ وقت کبھی ٹھہرا کیا؟

کیا حادثات نے کسی کے جواب آنے تک انتظار کیا؟

سو یونہی چلنے دو۔ ہم بھی کونسا ٹھہرے ہیں۔ تم بھی بدل جاتی ہو اور میں بھی۔ میری ماں میرا باپ، بہن بھائی بھی اور ہمارے بچے بھی۔

مگر یہاں کتنی سہولت ہے کہ میں تمہیں دیکھ سکتا ہوں۔ آنکھیں بند کر کے تمہیں دیکھتا ہوں اور آنکھیں کھول کر خط تحریر کر دیتا ہوں۔ رات ہونے پر ڈائری اٹھاتا ہوں اور

اس میں سب رقم کر دیتا ہوں۔

اچھا اب بس اتنا ہی شام ہونے والی ہے اور میں نے اپنے ماں باپ کو بھی خط لکھنا ہے۔

فقط تمہارا

زینا ریو

(۱۲) بڑے میاں

سلمیٰ جیلانی

انسانوں کی کہانیاں ہر وقت ہواؤں میں تیرتی پھرتی ہیں یہ ان کی روحوں کی طرح ہوتی ہیں کچھ کی ہلکی شفاف پانیوں جیسی اور کچھ کی گہری، کثیف اور سیاہی سے بھری ہوئی۔ کبھی کوئی دلدار لمحہ ایسا بھی ہوتا ہے جب ان میں سے کوئی پاس آکر بیٹھ جاتی ہے اور کہتی ہے مجھے لکھو اور صفحہ قرطاس پر بکھر جاتی ہے لیکن ایسا کم ہی ہوتا ہے اکثر تو جگنو بن جاتی ہیں اور ان کے پیچھے بھاگتے بھاگتے بچپن سے بڑھاپے کی سرحدوں پر جا نکلو پھر بھی کہانی ہاتھ نہیں آتی۔

آج بھی کہانی کی تلاش میں وہ دیر تک خیالوں کی وادیوں میں بھٹکتی میں رہی - پھر تھک کر قلم رکھ دیا اور بستر پر دراز ہو گئ - نیند سے بوجھل آنکھوں میں یکایک کسی کا نورانی سراپا لہرایا - ایک نحیف سی آواز کی بازگشت سنائی دی " بیٹی کیا آج بیر اور امرود نہیں لو گی "

اس کے منہ سے نکلا بڑے میاں ۔۔۔۔ کہاں ہیں آپ

اس نے چونک کر ادھر ادھر دیکھا

کمرے میں ملگجا اندھیرا چھایا ہوا تھا ۔۔۔۔ اور پنکھے کی گھر گھر کے سوا مکمل خاموشی تھی ۔۔۔

آواز پھر آئی — کہاں ڈھونڈ رہی ہو — میں تو یہاں ہوں ۔۔۔

اس نے غور کیا آواز اس کے اندر سے آ رہی تھی

ہاں اندر کی آنکھ کھولو۔۔۔ پھر دیکھ سکو گی مجھے۔۔۔

اس نے ان کی ہدایت پر آنکھیں موند لیں۔۔۔۔۔۔ دریچہ کھلا ہوا تھا، سامنے چبوترے پر بڑے میاں بیٹھے تھے، گوری چٹی رنگت، گھر کے دھلے ہوئے لیکن صاف ستھرے سفید کرتے پاجامے پہنے، ان کا سراپا بتا رہا تھا ضرور کسی اچھے گھر سے تعلق رکھتے ہیں اس نے مڑ کر دریچے کی طرف دیکھا وہ خود ایک چھوٹی سی بچی کی صورت میں کھڑی تھی دو پونیاں باندھے گلابی فراک اور چوڑی دار پائجامہ پہنے امی نے بڑے شوق سے سیا تھا پچھلی عید پر جب اس کی بسمہ اللہ ہوئی تھی۔ وہ انہیں پر تجسس نظروں سے تک رہی تھی جو

ایک چھوٹے سے تسلے میں اس کی پسند کے نمک مسالہ لگے بیر اور امرود سجائے اسے اپنی طرف بلا رہے تھے۔

آؤ بیٹی دیکھو تمہارے لئے ہی لایا ہوں یہ کھٹے میٹھے بیر نہیں۔ اس نے پونیاں جھلاتے ہوئے نفی میں گردن ہلائی

امی منع کرتی ہیں اجنبی سے بات نہ کرو

میں اجنبی کہاں ہوں

اسے ان کی سچائی پر یقین آ گیا مگر قدم آگے نہ بڑھے

اسے پتا ہی نہ چلا کب باجی پیچھے آن کھڑی ہوئی تھیں

انہوں نے نوٹ اس کے ہاتھ میں تھمایا اور بڑے میاں کو ہدایات دینے لگیں

بابا جی جلدی سے دو پڑیاں بنا کر اسے کے ہاتھ میں پکڑا دیں یہ لو یہ کم مسالہ والی تمہارے لئے ہے

اس دن کے بعد سے باجی اور لبہ بڑے میاں کے بیر و امرود کی مستقل خریدار بن گئیں۔

مگر امی سے چھپ کر یہ خریداری ہوتی اس کے لئے پوری راز داری برتی جاتی ورنہ امی کو پتا چل جاتا تو یہ چاٹ مصالحے کے مزے اسی وقت بند ہو جانے تھے۔

بڑے میاں کو سمجھا دیا گیا تھا کہ وہ ہمیشہ پچھلے دروازے کی طرف ہی سے آیا کریں آواز بالکل نہ لگائیں وہ خود ہی انہیں دیکھ لیا کریں گی اور یوں وہ باجی کے لئے تار برقی کا کام کرنے لگی۔

رفتہ رفتہ بڑے بھیا بھی ان کے خریداروں میں شامل ہو گئے - گرمیوں کی آمد آمد تھی، بیر و امرود کا موسم جا چکا تھا۔

اب بڑے میاں شکر قند لانے لگے۔

باجی کو تو خان بابا کی بھوبل میں بھنی ہوئی شکر قند پسند تھی یوں ان کا ایک گاہک کم ہو گیا لیکن ان کی جگہ بڑے بھیا نے لے لی تھی اسے اب ان کے لئے زیادہ فکر نہ کرنا پڑتی کیونکہ بھیا ان سے اچھے وقتوں کے دلچسپ قصے سنا کرتے اور ساتھ میں اپنے ہاتھ سے چائے بھی بنا کر پلاتے۔

بڑے میاں کبھی کبھی قصے سناتے ہوئے اپنے ماضی میں کھو جاتے تو بہت اداس ہو جاتے اور اپنے اس حال کو پہنچنے پر آنسو بہاتے۔ وہ بتاتے تقسیم سے پہلے بہت اچھا گھر تھا ان کا گھر کیا پوری حویلی تھی نوکر چاکر، زمینیں جس پر خوب کھیتی باڑی ہوتی، اکلوتے ہونے کی وجہ سے اماں ابا ان پر واری صدقے ہوتے اسی چاؤ میں نہ پڑھائی پوری کی اور نہ ہی کوئی ہنر سیکھا، اماں کہا کرتیں ہم نے کون سے اپنے لاڈلے بیٹے سے نوکری کرانی ہے۔ مگر وقت کب کسی کا ہوا ہے جب لٹ پٹ کر پاکستان آئے تو کوئی کلیم داخل نہ کر سکے ان کے

کئی جاننے والے جھوٹے کلیم جمع کرا کے بڑے بڑے گھروں کے مالک بن گئے، انہوں نے جب واپس جا کر کاغذات لانے کا سوچا تو بارڈر ہی بند ہو چکا تھا۔ سو بس ایسے ہی رہ گئے بے گھر و بے اماں دور پرے کے ایک بھانجے نے اپنے گھر کے برآمدے میں جگہ دے رکھی تھی سو مصیبت کے دن کاٹ رہے تھے یہی نہیں ایک بیٹی تھی جسے چیچک نے کھا لیا، بیوی بھی اس کے غم میں اللہ کو پیاری ہو گئی، وہ جب اپنی بیٹی کا ذکر کرتے تو لبہ کو دیکھتے جاتے کبھی روتے روتے مسکرا دیتے کہتے انہیں لبہ کی صورت میں اپنی صغریٰ نظر آتی ہے۔

لبہ اور باجی کے لئے یہ لمحات بہت ہی تکلیف دہ ہوا کرتے۔ جنھیں سن کر وہ اکثر اپنی خیالی دنیا میں کھو جاتی۔ اکثر سوچا کرتی۔ کاش ابا زندہ ہوتے اور انہیں دادا کی جائیداد میں سے اتنا حصہ مل جاتا کہ بڑا سا گھر بنا لیتے ایک کمرہ تو بڑے میاں کو ہی دے دیتے۔ انہیں کہیں جانے اور سبزی منڈی سے اس عمر میں پھل خرید کر لانے اور گلی گلی بیچنے کی تکلیف بھی نہ اٹھانا پڑتی۔ ابھی وہ خوابوں کے شیش محل میں آخری اینٹ لگانے ہی کو ہوتی کہ امی کی زوردار آواز سے وہ چکنا چور ہو جاتا۔

لبہ پانی کی مشین بند کر دو کتنا پانی ابل ابل کر بہہ گیا ہے کسی دن ٹنکی ٹوٹ کر گر جائے گی۔

دن پر لگا کر اڑے جا رہے تھے اب وہ ساتویں جماعت میں آ گئی تھی باجی نے بی اے کر لیا تھا اور مزے سے گھر کے کام سیکھ رہی تھیں۔ بھیا بھی انجینیرنگ کے آخری سال میں تھے۔ بڑے میاں سے ان کی دوستی کم نہ ہوئی تھی کہ اچانک انہوں نے گلی میں آنا چھوڑ دیا۔ سب ان کی موجودگی کے عادی ہو چکے تھے ایسے ایک دم سے غائب ہو جانے پر خیال آیا آج تک کسی نے ان کے گھر کا پتا پوچھا نہ کسی دوست کا کوئی نمبر لیا۔

بڑے میاں کہاں غائب ہو گئے کیسے ان کی خیر خبر لیں بھیا نے گلی کے دو چار لوگوں سے ذکر بھی کیا مگر ان کے لئے تو ایسے چھوٹی چھوٹی چیزیں بیچنے والوں کا ہونا نہ ہونا برابر تھا -لبہ کی بے چینی اور فکر اسے کھائے جا رہی تھی مگر وہ کسی کے باپ تھے نہ نانا کوئی رشتہ داری تو تھی نہیں پھر کیوں کر ان کے لئے ایسے پریشان ہوا جائے -امی سے تو ویسے بھی اتنی ہم آہنگی نہ تھی کہ اپنے دکھ سکھ سنایا کرتی تھوڑے دن رو دھو کر اپنی اسکول کی مصروفیات میں مگن ہو گئی- کچھ ہی دن گزرے ہوں گے کہ بڑے میاں واپس آ گئے مگر ایسے کہ ان کی ٹانگ پلاسٹر میں جکڑی ہوئی تھی اور وہ بیساکھیوں کے سہارے سامنے والوں کے چبوترے پر بیٹھے تھے بھیا اور لبہ دونوں بھاگ کر ان کے پاس پہنچے۔ بھیا تو ان کے گلے ہی لگ گئے -وہ بے تاب ہو گئی- کہاں تھے آپ ایسے تھوڑی جاتے ہیں نہ اتا نہ پتا

—

بیٹا بس سے اترتے ہوئے گر گیا — اتنی تیز چلاتے ہیں میرے لئے کون رکتا ہے۔۔۔ وہ تو شکر کرو کہ تھوڑی دور گرا اور نہ پہیہ میرے اوپر سے ہی گزر جاتا

وہ یہ کہتے ہوئے کھڑکی کی طرف بھی دیکھ رہے تھے۔۔۔۔ میں سمجھ گئی۔۔۔ باجی کو دیکھنا چاہتے ہوں گے۔۔۔ مگر باجی کو اب ان کی پرواہ کہاں۔۔۔ اب تو ہر وقت وہ تھیں اور ان کے منگیتر کے ٹیلی فون۔۔۔۔ بڑے بھیا نے مڑ کر دیکھا لبہ ابھی تک وہیں کھڑی تھی۔۔۔ مگر ان کے کہنے سے پہلے ہی وہ اندر کو بھاگ گئی۔۔۔ شام ہوئی تو بھیا نے بتایا وہ ایک ٹیوشن کے پیسے بڑے میاں کو دے دیا کریں گے جب تک ان کی ٹانگ ٹھیک نہیں ہو جاتی۔۔۔۔ لبہ سوچ رہی تھی۔۔۔۔۔ بھیا بھی عجیب ہیں۔۔۔۔ امی سے لڑتے ہیں کہ انہیں انجیئرنگ کیوں پڑھوا رہی ہیں ان کی تو کوئی زندگی ہی نہ رہی۔۔۔ ٹیوشن پڑھا کر خرچہ پورا کرتے ہیں اور بڑے میاں کے لئے اتنا دل بڑا کر لیا— بڑے میاں بھی جانے

کس مٹی کے بنے تھے کچھ ہی دنوں میں لاٹھی کے سہارے چلتے ہوئے پھر سے تسلے میں امرود اور بیر لانے لگے۔

مگر اب وہ ان سے چیزیں خریدنے کو بھاگ کر گلی میں نہیں جاتی تھی۔وہ بھی سمجھ گیے تھے۔خود ہی اس کے کمرے کی کھڑکی پر دستک دے کر چاٹ کی پڑیا رکھ جاتے۔۔ ایک دن باجی نے دیکھا اس کی میز پر ایسی پڑیوں کا ڈھیر لگا تھا۔۔تنک کر بولیں تم نے کھانی نہیں ہوتیں یہ الا بلا تو بڑے میاں کو منع کر دو، پیسے پھینکنے کا بہت شوق ہے نا۔۔۔ اس نے حیرت سے باجی کی طرف دیکھا۔۔۔۔اس کی آنکھوں میں چھپا طنز دیکھ کر وہ تھوڑا جز بز ہوئیں پھر سر کو ایک طرف جھٹک کر آگے بڑھ گئیں۔۔

بہت سا وقت گزر چکا تھا۔امی ریٹائر ہو کر اب گھر میں ہی رہا کرتیں، باجی کی شادی ہو گئی تھی اور بھیا بھی سعودی عرب نکل گئے تھے۔بڑے میاں نے گلی میں آنا چھوڑ دیا تھا، کوئی ان سے بیر و امرود خریدتا جو نہ تھا، پیکٹوں کے چپس اور رنگ برنگے اشتہاروں نے ان کی سادہ سی دکان داری ختم کر کے رکھ دی تھی۔۔۔ اس نے بھی صبر کر لیا کہ اتنے بزرگ ہو گئے تھے ان کی بھنویں تک سفید ہو چکی تھیں کوئی تو ہو گا جو ان کا خیال رکھتا ہو گا۔۔۔۔ ہو سکتا ہے اب دنیا میں ہی نہ ہوں۔۔۔۔ اپنے ظالم خیال پر اسے خود ہی رونا آ گیا۔۔۔۔۔ پھر۔۔۔ ادھر ادھر کے کاموں میں اسے ان کی یاد آنا بھی کم ہو گئی۔۔۔۔۔۔اب وہ بی بی اے میں آ گئی تھی۔۔۔ بھیا پرائیوٹ کالج کی فیس بھیج دیا کرتے۔۔۔۔ وہ اب بھی شیش محل کے خواب دیکھا کرتی مگر اس میں بڑے میاں کا کوئی تذکرہ نہ ہوتا نہ ان کے لئے کوئی کمرہ مختص کیا جاتا بلکہ ایک انجان شہزادے کا انتظار ہوتا جو کسی شاندار کار میں بٹھا کر اسے اپنے محل میں لے جاتا۔۔۔۔ یہ خواب وہ اکثر دن میں

بھی دیکھنے لگی تھی۔۔۔۔۔۔ آج کالج سے واپسی پر سڑک پار کرنے کے لئے فلائی اوور پر چڑھی تو بھی اس کی نظریں پل کے نیچے سے گزرنے والی چمچماتی کاروں میں بیٹھے کسی شہزادے کو تلاش کر رہی تھیں کہ ایک دم جھٹکا سا لگا، ٹریفک کے ہجوم کے پرلی طرف اس کی نظر پڑی تو نگاہیں جیسے وہیں اٹک کر رہ گئیں۔۔، اس نے ٹھٹک کر پل کی ریلنگ کا سہارا لیا ورنہ پیچھے سے آنے والے کسی راہگیر سے ٹکرا جاتی۔ سڑک کے کنارے رومال بچھائے بڑے میاں بیٹھے تھے۔ ان کا سر جھکا ہوا تھا لیکن وہ تو انہیں ہزاروں میں بھی پہچان سکتی تھی،۔۔ ان کے کپڑے مٹی اور گرد سے اٹ کر اپنی سفیدی کھو چکے تھے، وہ پہلے سے کہیں زیادہ منحنی اور نحیف و نزار دکھائی دے رہے تھے۔۔۔۔۔ آس پاس سے گزرتے ہوئے لوگ ان کی موجودگی کا احساس کئے بغیر کبھی کوئی سکہ ان کی طرف اچھال کر آگے بڑھ جاتے۔۔۔۔۔۔۔۔

(۱۳) کالے ہاتھ

محمد یعقوب آسی

استاد بسمل بزمی کو اخبار سے اتنی ہی دل چسپی ہے کہ شہ سرخیوں پر اچٹتی سی نظر ڈال لی، ہفتہ وار اشاعتوں میں جھانک لیا، ادبی صفحہ ہوا تو اس پر دو چار منٹ کے لئے اٹک گئے، خالی خولی ورق گردانی کر کے اخبار ایک طرف ڈال دیا۔ کبھی موڈ ہوا تو کالم دیکھ لئے، وہ بھی عنوانات اور کالم نگاروں کے ناموں کی حد تک۔ شین بصرہ نامی کالم نگار البتہ انہیں اچھا لگتا تھا۔ اکثر کہا کرتے کہ: شین بصرہ سچ لکھتا ہے، اور لگی لپٹی رکھے بغیر بہت تلخ باتیں کر جاتا ہے۔ اس کی زبان بہت شستہ ہے، الفاظ کو برتنا جانتا ہے۔ اور اس کی خاص بات لوگوں کی نفسیات کا مطالعہ ہے۔ وہ بریکنگ نیوز سے کہیں زیادہ اہمیت روزمرہ زندگی کے بظاہر چھوٹے چھوٹے مظاہر کو دیتا ہے اور مزید بہت کچھ۔

اُس دن بھی استاد بڑی دیر تک شین بصرہ کے کالم میں کھوئے رہے۔ عنوان تھا: "کالے ہاتھ"، کہانی بوٹ پالش والے ایک لڑکے کی تھی جو چوتھی پانچویں جماعت میں رہا ہوگا۔ کالم نگار کو وہ لڑکا چھٹی کے وقت کبھی کسی بس سٹاپ پر، کسی کار پارک کے کونے پر، کسی مارکیٹ کے راستے پر بیٹھا دکھائی دیتا۔ اسکول بیگ ایک طرف ڈالے، وہ کبھی کسی کے جوتے ہاتھ پر چڑھا کر پالش کر رہا ہوتا، اور کبھی کسی پاؤں میں پہنے ہوئے جوتوں پر برش مار رہا ہوتا۔ شین بصرہ نے اس لڑکے کے تلخ حالات اور مجبوریوں کا نقشہ بھی کھینچا تھا تعلیم جاری رکھنے کے عزم کو بھی سراہا تھا اور یہ بھی لکھا تھا کہ وہ لڑکا کوئی ایسا کام نہیں کرنا چاہتا

جس سے اس کی اپنی خود داری کو ٹھیس پہنچے یا اس کی کمائی کسی بھی انداز میں ناجائز قرار پائے۔ چوری کرنا، دکانوں سے چیزیں غائب کرنا، بھیک مانگنا وغیرہ اس بچے کے نزدیک جرم سے زیادہ شرم سے ڈوب مرنے والی بات تھی۔ نچلے طبقے کے ان محنت کش بچوں کے ساتھ لوگوں کے تحقیر آمیز رویے کا ذکر بھی کیا تھا۔ ایک مشورہ سفید پوش طبقے کو یہ بھی دیا تھا کہ کبھی کبھی ہی سہی وہ بغیر ضرورت کے بھی جوتے پالش کروالیا کریں۔ کالم پڑھ چکنے کے بعد انہوں نے سر اٹھایا تو اُن کے چہرے پر ویرانی سی چھائی ہوئی تھی۔ تھوڑی دیر تک چپ چاپ بیٹھے رہے، پھر چلے گئے۔

اگلے دن سرِ راہ ملاقات ہو گئی، استاد پریشان سے دکھائی دے رہے تھے۔ ہم نے خیریت پوچھی تو بیزار سے لہجے میں بولے: "چھوڑو یار! سب بکواس ہے، جھوٹ بکتے ہیں یہ لوگ! پیسہ کمانے کے لئے کہانیاں گھڑا کرتے ہیں"۔ "یا وحشت! کیا ہوا اُستاد؟ کسی سے الجھ پڑے کیا"؟

"ہاں، کچھ ایسا ہی سمجھو، اُلجھا نہیں اور نہ الجھنے پر خود سے شرمندہ ہو رہا ہوں"۔ ہمارے پلے کچھ نہیں پڑ رہا تھا۔ وہ ہمیں پکڑ کر تقریباً گھسیٹتے ہوئے ایک قریبی چائے خانے میں داخل ہو گئے۔

ہم بیٹھ چکے تو استاد نے بات شروع کر دی۔ لب لباب یہ تھا کہ پچھلی مارکیٹ کے کونے پر بیٹھے لڑکے سے ایک شخص نے جوتے پالش کرائے اور اسے دس کا نوٹ تھما دیا۔ وہ لڑکا کہنے لگا: صاحب جی دس روپے سے زیادہ کی تو میری پالش خرچ ہوئی ہے، اس پر میری محنت کے بیس روپے بھی تو دیں۔ وہ شخص الٹا اُس لڑکے پر برس پڑا: تو نے میری کیا گاڑی پالش کی ہے جو تیس روپے مانگ رہے ہو؟ شرم نہیں آتی۔ یہ کہا اور لڑکے کو ایک جھانپڑ دے مارا۔ ایک خوانچے والا بیچ میں آ گیا، اُس نے 'صاحب جی' کو خوب سنائیں۔

ایک دکان والا نکل آیا: یہ لوگ ایسے ہی ہیں جی، آپ چھوڑیئے سر، یہ ہے وہ ہے۔ خوانچے والے نے 'صاحب جی' کو کلائی سے پکڑ لیا: "نکال تیس روپے سیٹھ مکھی چوس! نہیں تو تیرا بازو گیا مونڈھے سے۔ اور یہ تیری گھڑی جو میرے ہاتھ کے نیچے ہے، دس بارہ ہزار کی تو ہو گی! یہ بھی گئی جان لے"۔ مرتا کیا نہ کرتا! 'صاحب جی' نے جیب میں ہاتھ ڈالا، سو کا نوٹ ہاتھ لگا، وہ خوانچے والے کو دیا اور بڑے رعب سے بولے: اب مجھے چھوڑ دے، کمینے!۔ اس نے چھوڑتے میں ایسا دھکا دیا کہ صاحب لوگ پیچھے سے آتی گدھا گاڑی کے سامنے گر گئے۔

ادھر ایک بندہ دوڑتا ہوا آیا: "اوئے ہوئے ہوئے! یہ بصرہ صاحب کو کیا ہوا؟" استاد بسمل بزمی نے یہ نام سنا تو چونکے: "بصرہ صاحب؟ یہ شین بصرہ ہیں؟ وہی جو کالم لکھتے ہیں؟"۔۔۔۔ آنے والے نے اثبات میں سر ہلا دیا۔

* * *